Hans Dieter Mummendey

Claudia, Alzheimer und ich

Kriminalroman

l

Neues Literaturkontor

Die Deutsche Bibliothek - CIP-Einheitsaufnahme

Mummendey, Hans Dieter:
Claudia, Alzheimer und ich : Kriminalroman / Hans Dieter
Mummendey. - 2. Aufl. - Bielefeld ; Münster : Neues
Literaturkontor, 1996
ISBN 3-920591-17-8

2. Auflage 1996
Alle Rechte vorbehalten
Copyright © 1992 by
Neues Literaturkontor
Satz: Neues Literaturkontor
Umschlaggestaltung: Maria Ritsche
Umschlagsatz: Satzbau GmbH, Bielefeld
Druck und Bindung: AJZ-Druck GmbH, Bielefeld
Printed in Germany

ISBN 3-920591-17-8

Für Wanda -
sie weiß schon, warum

Inhalt

I	Ein Prolog für Senioren	9
II	Studienrätliches	13
III	Das Haus in der Dornberger Straße	20
IV	Bielefeld - Teneriffa und retour	26
V	Leben Langläufer länger ?	37
VI	Fair is foul	45
VII	Es klingelt!	53
VIII	Alter darf nicht abseits stehn	61
IX	Klick!	73
X	Ein häusliches Pflegemodell	81
XI	Sport ist Mord	90
XII	Gold, Silber, Aluminium	103
XIII	Alzheimer läßt grüßen	112

> Was Text an mir war, ist entziffert,
> verwandelt in andere Zeichen.
> Mein Gebein ist die Übersetzung
> des Lebens in den Tod
> (Cees Noteboom)

I

Ein Prolog für Senioren

Langsam lege ich mich auf die weiße Pritsche. Meine Gelenke sind kalt und schwer. Alles ist weiß: die Kabinenwände, die Bank, auf der meine Kleider liegen, und das Tuch, auf das ich gebettet bin. Alles ist eng und begrenzt: Nach oben, zur Seite hin wenig Raum, Kopf- und Fußende sind nah.

Wer sagt, mein Gedächtnis sei nicht intakt? Ich weiß noch alles. Dreitausend Kilometer von hier ertönt die Fanfare des Krankentransporters, das Geheul des Martinshorns, das in diesem Land stets so erschreckend klingt. Im Innern des Wagens wird Claudia künstlich beatmet. Wird sie diesen Tag, der ihr den Triumph bringen sollte, überleben?

»Waren Sie schon mal hier?«

»...?«

»Ich meine... Sie kennen sich aus? Nur auf den grünen Startknopf drücken, dann geht alles automatisch!«

»Ah ja, der Startknopf...«

»Das Gerät schaltet sich nach 30 Minuten von selbst aus!«

Gehorsam drücke ich auf den grünen Knopf, und alles

verändert sich. Schnell wird die Glashaube über mir erleuchtet, und das erst weiße, dann violette Licht bestrahlt meinen unbekleideten, ausgestreckten Leib. Ich schließe die Augen, um weder von den Strahlen geblendet noch dem Anblick meines faltigen, altgewordenen Körpers ausgesetzt zu sein.

Ist dies schon das Szenario der Einsargung, der Einäscherung? Manche Ähnlichkeiten lassen sich nicht leugnen. Aber noch ist es nicht soweit. Wer meint, ich hätte lange genug gelebt, soll bei sich selbst beginnen. Wer meinen Tod herbeibeten möchte, soll sich in Acht nehmen! Glaubt jemand, daß Schuld zu töten vermag? Nichts von alledem - oder zumindest wenig! Das Sonnenstudio in der Friedenstraße ist eine der Freuden meines Alters. Der Besuch in diesem Solarium ist eine der Wohltaten, die ich mir gönne, seit ich in die Kälte zurückgekommen bin.

Ich genieße die Wärme, die schnell von meinen Körper Besitz ergriffen hat. Es soll ja schon Lichttherapeuten geben, die Melancholie mit Helligkeit behandeln - warum nicht auch Erinnerungslücken mit Licht und Wärme überbrücken? Ich glaube, die Wirkungen eines Besuchs im Sonnenstudio auf das Gemüt überwiegen die schädlichen Auswirkungen der ultravioletten Strahlung. Und das Altern der Haut - was macht es schon bei einem alten Menschen wie mir? Sagen nicht die Chemiker, Wärme beschleunige alle Vorgänge? Umso besser, dafür kann man als Senior nur dankbar sein. Man leidet so sehr unter der Langsamkeit. Hat Vergessen etwas mit Langsamkeit zu tun? Hält mein Gehirn ständig Schritt mit der Wirklichkeit?

Ich muß gleich an so vieles denken und fühle mich wohl dabei. Alle Verwirrtheit ist von mir gewichen. Mein Gedächtnis, das stundenlang, tagelang darbt, entfaltet sich, wölbt sich auf wie ein Ballon, der langsam mit Heißluft gefüllt wird. Ich erinnere mich an die Kanarischen Inseln, an unsere weiße Badebucht. Der kühlende Luftstrom des Gebläses am Fußteil der Maschine, dieses Bräunungsgeräts mit dem Sicherheits-Strahlenfilter und dem Gütesiegel eines norddeutschen Technischen Überwachungsvereins, tut gut. Sein Luftstrom ist wie der sanfte, die Hitze mildernde Wind an der Playa Blanca.

»Möchtest du, daß ich dir den Rücken eincreme?«

»Ich sage schon, wenn ich eingecremt werden möchte!«

Claudia in ihrem schwarzen Badetrikot, auf dem großen weißen Frotteetuch in der Sonne. Claudia ohne ihr schwarzes Badetrikot. Auf dem weißen Sand an der Playa, nicht weit vom Camino del Puerto.

»Wir empfehlen Ihnen, sich in schnellerem Wechsel als bei einem Sonnenbad auf den Rücken und auf den Bauch zu legen, da die Bräunung wesentlich intensiver ausfällt als bei einem gewöhnlichen Sonnenbad!«

Gehorsam wende ich mich, rolle mich auf der elastischen Unterlage vorsichtig herum.

Es ist nicht gut, so sagt man, immer wieder an Vergangenes zu denken. Oder gerade doch? Wohl dem, dessen Gehirn die Vergangenheit zu ordnen vermag. Ich bedarf dazu der Wärme und des Lichts. Zieht es mich deshalb immer wieder in dieses Sonnenstudio?

»Eine Bräunungssitzung pro Woche ist gesundheitlich völlig unbedenklich!« Professor Horrelmann habe dies in seinem Gutachten für den Bundesverband der Bräunungsstudios festgestellt.

»Der Professor schließt nicht aus, daß ein regelmäßiger Besuch im Solarium das Leben verlängern kann!«

Das Leben verlängern! Welches? Muß man nicht manches Leben verkürzen, um sein eigenes zu verlängern?

Wen das ultraviolette Licht störe, auch bei geschlossenen Augen, der könne die sehr praktischen Augen-Pads verwenden; nur bei Sonnenallergie und nach Medikamentengaben, die zu Hautreaktionen führen könnten, solle man den Hausarzt konsultieren. Habe ich etwas eingenommen? Das ist lange her, liegt unter einem Schleier des Vergessens.

»Viele unserer Senioren schätzen es sehr, am Vormittag hierher zu kommen, da ist es nämlich am ruhigsten!«

Ach was, ich komme nicht wegen der Ruhe hierher. Ruhe finde ich zuhause beim Schreiben genug, und dafür ist noch den ganzen Tag lang Zeit. Falls erforderlich, auch nachts. Sagt man nicht, ältere Menschen benötigten weniger Schlaf als jüngere? Oder würde Schlaf meinem Gedächtnis, meinem Gewissen guttun?

Nichts schätze ich so sehr wie die Beschäftigung mit meiner Gesundheit. Der Professor hat Recht: Wenn man auf seine Gesundheit achtet, kann man lange leben. Wenn man keinen Fehler macht, vielleicht sogar sehr lange. Wenn ich mich mit meiner Gesundheit beschäftige, dann bin ich in meinem Element, dann mache ich fast niemals einen Fehler.

Sagte ich schon, daß ich mich wieder an alles erinnere, was verschüttet war? Das Vergangene wird lebendig, wenn auch nur für Minuten. Ich komme wegen Sonne und Wind. Zu Claudia an die Playa Blanca. In die Mittagshitze am Kanal von Burano. In die Ebene von Attika.

Doch das Licht erlischt.

Jetzt ist alles nur noch fahl, der Film ist vorbei. Allein das Gebläse arbeitet noch weiter. Die Bilder sind erkaltet, bald werde ich wieder frösteln. Es wird Zeit, daß ich mein Handtuch nehme und gehe.

Das ist ein ganz alter Fehler von mir: Ich rede zuviel. Es kann sein, daß es mit dem Alter noch mehr geworden ist.

II

Studienrätliches

Ich will ganz offen sein. Für die folgende Geschichte gibt es kaum ein Vorbild. Die meisten Geschichten haben ihre Vorläufer, und manche sind sogar auf ganz unverschämte Weise unoriginell. Das meiste ist schon einmal vorgekommen, ist schon einmal erdacht, geschrieben, gedruckt worden, vielleicht sogar auch schon ein- oder mehrmals abgeschrieben. Weil jede Geschichte auf einem gewaltigen Gebirge schon geschriebener Geschichten, jedes Buch auf einem unüberschaubaren Berg von Büchern ruht. Und die Erzähler dieser Geschichten unterscheiden sich dann nur in der Geschicklichkeit des Schürfens, in der Gewandtheit, diese Schätze zu heben, diesen Steinbruch zu nutzen...

Ach was, ich glaube, ich rede mal wieder überflüssiges Zeug! Man hat mir gesagt, das sei in den letzten Jahren oft vorgekommen. Mag sein, daß es gestimmt hat, aber in allerletzter Zeit ist es viel besser geworden! Ach, was ich noch sagen wollte: Ich will nicht behaupten, daß es in der folgenden Geschichte nur Originelles (oder sagt man Originäres?) gäbe. Aber wenn etwas schon einmal vorgekommen ist, dann allenfalls in meinem bisherigen Leben, über das ich in »Bielefeld-Burano & retour« berichtet habe.

Wenn ich überhaupt ein literarisches Vorbild habe, so ist es Miguel Brinho, weil er stets so lange braucht, bis er zur Sache kommt - aber was ist schon die »Sache«! Alles ist wichtig, auch das scheinbar Nebensächliche: ein Motto, das man über den Text setzt, ein Vorwort, das man voranstellt, womöglich eine Danksagung, eine Widmung... Ich glaube übrigens, ich habe vergessen, der folgenden Geschichte eine Widmung voranzustellen. Mein Verleger meint, so etwas werte ein Werk auf, weil es etwas Privates und Persönliches enthülle, und wir lebten in einer Zeit, in der Enthüllungen viel wert seien. Er nimmt das ganz wörtlich, er will nämlich seine Bücher verkaufen, und so befürwortet er alles, was den Absatz des Buches fördern könnte: Persönliches, Bekenntnisse, Enthüllungen, Offenheit! Hierzu will ich gern meinen Teil beitragen. Ich will keine fiktiven Personen beschreiben, sondern nur solche, die es wirklich gibt, und kein Pseudonym verwenden. Zum Beispiel verkauft sich ein Roman eines meiner besten Freunde, »Der Republikaner«, völlig zu unrecht nur deshalb so zögerlich, weil er unter einem Pseudonym veröffentlicht worden ist...

Es ist schon merkwürdig: Ich will etwas berichten, aber ich spreche immer über Nebensächlichkeiten. Irgendetwas blockiert immer wieder mein Gehirn. Dann verzweige ich mich, damit nicht auffällt, daß es nicht weitergeht. Doch ich glaube einfach nicht, daß es mit dem Alter zusammenhängt. Im Gegenteil: Es war früher schon mal viel schlimmer, als ich nämlich noch mit Claudia zusammen war. Zwar werfe ich noch manches durcheinander, aber in letzter Zeit ist es wirklich besser geworden, das sagen alle!

Ich mache einen Absatz, weil Maria gerade mein Glas Tee und einen Keks gebracht hat. Maria ist meine spanische Putzfrau. Na ja, wie man am Servieren eines Glases Tee einschließlich eines schönen Kekses bereits ersehen mag, ist sie ein wenig mehr als nur eine Putzfrau, fast hätte ich gesagt, »eine reine« Putzfrau! Übrigens ist sie mindestens eine regelrechte Haushilfe, sogar eine ausgebildete Pflegerin, nach den Regeln der »Fachgruppe Pflegepersonal im Europäischen Verband Häusliche Pflege«, aber davon später mehr. (Hoffentlich vergesse ich es nicht!) Von einem im Ruhestand befindlichen Studiendirektor wie mir wird man nun übrigens womöglich erwarten, daß er sprachlich einigermaßen treffend umschreibt, was Maria für ihn denn nun eigentlich beziehungsweise wirklich sei...

Um Gottes Willen, gleich mehrere sprachliche Unmöglichkeiten auf einmal! (Einer meiner alten Studienratstricks: Ich weiche aus, indem ich mich aufs Sprachliche verlege...) Das Wörtchen »eigentlich« sollte man wirklich möglichst vermeiden, denn es sagt ja eigentlich so gut wie gar nichts aus, und was heißt schon »wirklich«?

Ähnlich ist es, meinen Kritikern zufolge, mit den Wörtern »beziehungsweise« und »überhaupt« - achten Sie mal darauf! Man soll »beziehungsweise« eigentlich überhaupt nicht verwenden, es sei denn, es ginge um eine wirkliche Beziehung! Kritisiert werden an meiner Schreibweise außerdem die vielen Anführungsstriche und Klammern (ob nun in »ironisierender« Absicht oder nicht!), und dann die vielen Frage- und Ausrufezeichen!

Rede ich nicht vielleicht doch ein wenig zuviel daher? Ständiges Abschweifen, »Vom-Hölzchen-aufs-Stöckchen-Kommen«, sagt man, sei eine typische Alterserscheinung - mit dem Alter werde man unweigerlich geschwätzig. Eine Beobachtung, die sicherlich oft stimmt, wenn es auch Ausnahmen geben mag. Manche Menschen schwätzen mit zunehmendem Alter immer weniger, und ab einem bestimmten Zeitpunkt sagen sie sogar gar nichts mehr. In meinem eigenen Falle bin ich mir nicht sicher, ob das mit der Altersgeschwätzigkeit zutrifft. Es gibt nun mal gewisse persönliche Eigenheiten, und ich war schon immer geschwätzig, schon in der Jugend! Das ist wirklich ein ganz alter Fehler von mir: Ich rede zuviel. Es kann natürlich sein, daß es mit dem Alter noch mehr geworden ist. Dafür haben meine Geschichten aber einen gewaltigen Vorteil vor den meisten anderen: Sie sind nicht tiefsinnig! Manche sind sogar richtig lustig, wie die vorige. Aber meine Geschichten haben auch Nachteile, zum Beispiel mache ich zu lange Sätze, das sagt jeder - und zu lange Absätze. Maria, die mir gelegentlich beim Schreiben über die Schulter blickt, hat mich gleich nachdem sie den Tee auf den kleinen, gehäkelten Untersetzer neben den PC gestellt hat, wieder mal darauf aufmerksam gemacht! Sie hat mir ganz leise (für mich übrigens laut genug!) mit ihrem südländischen Akzent ins Ohr geflüstert:

»Abbssazz ssu grrross!«

Dabei freut sich Maria wieder wie ein Kind, und ich kann, wenn ich vom Bildschirm aufschaue, ihre weißen Zähne blitzen sehen. Ihr Gesicht ist offen wie ein Buch, man kann erkennen, wie sie sich innerlich wieder einen Punkt gibt und denkt: Sei froh, daß du jemanden wie mich hast, der dich immer wieder darauf aufmerksam macht!

Maria kann mir in bezug auf sprachliche Spitzfindigkeiten wie Wortwahl, Wiederholungen und Sonderzeichen keine Hilfe sein - sie spricht nur wenig Deutsch. Deshalb hat sie sich wohl auf Absätze spezialisiert. Das ist so etwas ganz Globales, Einfaches, ich glaube, das liegt ihr. Ich habe nichts dagegen, mir gefällt es. Vielleicht mag ich ja an Maria alle Eigenschaften, die ich selbst nicht besitze. Jedenfalls scheint es so zu sein, daß ich sie in gewisser Hinsicht achte, obgleich man mir auch schon gesagt hat, ich behandelte sie schlecht. Aber das stimmt nicht! Ich spioniere ihr zum Beispiel niemals nach!

Maria hat mich jetzt daran erinnert, daß mein Tee kalt wird, wenn ich ihn nicht bald trinke. Leider geht mir das oft so, daß ich zwei, drei Schlucke zu mir nehme, solange das Getränk noch schön warm ist, doch dann vergesse ich es wieder und lasse es kalt werden. Maria kann das einfach nicht verstehen, und sie faßt sich dann an den Kopf, als wolle sie sagen: Wie kann denn ein halbwegs gescheiter Mensch immer wieder seinen Tee kalt werden lassen, wo er doch direkt vor seiner Nase steht! Aber die neuen Zeilen, die ich in eben dieser Zeit, in der mein Tee erkaltet, geschrieben habe, lohnen es jeweils. Wenn mein Tee also kalt wird, dann ist das nur ein gutes Zeichen für meinen Text. So, ich will in diesem Abschnitt nun endlich zur Widmung kommen und beginnen. Ich sollte die folgende Geschichte eigentlich all jenen widmen, die mich immer wieder ermahnt haben, nicht zu lange Sätze zu schreiben! (Zum Beispiel Marion!) Ich gelobe Besserung. Zumindest vorläufig. Solange ich daran denke. Jetzt meldet sich Maria wieder. Sie deutet an, daß sie ihren Namen gelesen hat! Es scheint ihr gar nicht so unrecht zu sein. Ich glaube, sie ist ein wenig eitel. Ich mache eine wegwischende Handbewegung vom Typ »Jetzt verschwinde mal bitte, Maria, du störst mich!« Aber Maria wird auf einmal albern. Man weiß ja, wie das bei jungen Mädchen ist, wenn sie plötzlich albern werden. Übrigens ist Maria gar kein junges Mädchen mehr. Aber in bezug auf dieses plötzliche Albernsein, mit dem man, wenn es einmal ausgebrochen ist, nicht mehr aufhören kann, ist, glaube ich, jeder von uns ein junges Mädchen! Wahrscheinlich hat sie das Lesen des eigenen Namens ein wenig aufgekratzt, und jetzt sagt sie mir schon wieder triumphierend, daß der vorige Absatz wieder »vviel ssu llang« geworden ist. Sei's drum.

Wem ich das Buch nun endlich widme? Meinem Verleger. Eigentlich wollte ich es meinem alten Klassenlehrer widmen, aber ich fürchte, der würde doch nur wieder meinen Schreibstil kritisieren, das Sprachliche. Tja, für viele Kritiker sind Sprachliches und Stilistisches eben das A und O. Für manche ist die Sprache so wichtig, daß sie nichts Wichtiges mehr aussprechen. Viele Autoren achten gar nicht mehr darauf, *was* sie schreiben, sondern nur noch *wie* sie es schreiben, nur um..., ach, ist ja auch egal! Man sagt, ich sei im Laufe der Jahre gegen Kritik immer empfindlicher geworden, das sei eine Alterserscheinung, aber ich weiß, daß das nicht stimmt. Man will mir nur einreden, ich sei alt. Dagegen bin ich allerdings wirklich allergisch. Ich glaube, es hängt mit der Behandlung zusammen, die Claudia... Übrigens erinnert mich mein alter Klassenlehrer an Cees Noteboom. Auch dessen »folgende Geschichte« handelt von einem ehemaligen Studienrat, so einem wie er selbst, oder wie ich.

Ich finde, es muß schleunigst so etwas wie Seniorenliteratur geben! Es gibt nämlich viel mehr Senioren als früher, viele von ihnen sind geistig und körperlich frisch, treiben immer mehr Ausdauersport, um immer langsamer alt zu werden, und sind oftmals ausdauernde Leser richtiger Bücher! Die Verlage stellen sich bereits auf diese Situation ein. Bei manchen Büchern verwenden sie besonders große Buchstaben, wegen der Probleme, die Senioren mit dem Lesen haben. Auch mir sagt Maria immer, ich solle endlich eine Brille aufsetzen. Aber ich habe etwas dagegen. Lieber rücke ich meinen Stuhl so weit vom Bildschirm ab, bis mir die Schrift wieder scharf erscheint. Also, was ich noch zur Seniorenliteratur sagen wollte: Bücher *von* pensionierten Lehrern *über* pensionierte Lehrer *für* pensionierte Lehrer - warum eigentlich nicht?

Maria hat sich wieder bemerkbar gemacht. Diesmal macht sie keine Bemerkungen über etwas, das sie ohnehin nicht versteht, nämlich mein Manuskript. Vielmehr erinnert sie mich daran, daß ich in einer Stunde Besuch erwarte, und zwar diesen Herrn Lange. Tatsächlich - wie konnte ich das nur vergessen! Aber habe ich nicht zu Anfang gesagt, ich wolle ganz offen sein? Dann will ich auch der Wahrheit die Ehre geben und einräumen, daß ich zwar manchmal etwas Wichtiges vergesse oder falsch erinnere, aber ich will nicht so tun, als hätte ich nicht schon die ganze Zeit an den Besuch dieses Herrn Lange gedacht. In Wirklichkeit bereite ich mich innerlich schon lange auf dieses unangenehme Ereignis vor!

Mit Herrn Langes Besuch, so fürchte ich, wird auch die folgende Geschichte zur Kriminalgeschichte! Herr Lange ist nämlich von Beruf - wie nennt man das noch gleich...? Na, wie auch immer, ich sollte mich beeilen. Daß die Zeit manchmal schnell verrinnt, das merkt man wohl besonders deutlich im gehobenen Lebensalter.

Ich gebe mir einen Ruck. Ich werde jetzt endlich anfangen.

»Maria, du bist wirklich zuverlässig, ich danke Dir!«

»Warrruum, fürr waasss?«

»Daß du mich an Herrn Lange erinnert hast!«

Was man sich bei einem pensionierten Studiendirektor, der in seinem Haus, in seinem gemütlichen Arbeitszimmer mit Blick auf die Dornberger Straße die Schreibtastatur bearbeitet, vielleicht noch viel häufiger vorstellen könnte als es in Wirklichkeit vorkommt: Ich gebe Maria einen netten, kleinen Klaps aufs Hinterteil. Ich tue es aus reiner Dankbarkeit, aber auch um die schlichteren unter meinen Kritikerinnen zu ärgern. Vor allem aber weiß ich, daß Maria es mag. Lachend fragt sie mich dann meistens, ob ich nicht das da, wo meine Hand sich jetzt befindet, alles »vvviel ssu vvviel« fände..., und ich sage jedesmal nein.

> Mein literarisches Vorbild ist Miguel
> Brinho, weil er stets so lange braucht, bis
> er zur Sache kommt - aber was ist schon
> die »Sache«!

III

Das Haus in der Dornberger Straße

Ältere Menschen, so sagt man, seien oft geschwätzig und erzählten ungefragt alles mögliche, verzweigten sich dauernd und wiederholten sich oft, bildeten Schachtelsätze und strapazierten so die Nerven ihrer Zuhörer oder Leser, zeigten mancherlei egoistische Züge, erzählten zum Beispiel ununterbrochen von sich selbst, stellten sich immer wieder in den Mittelpunkt und könnten gar nicht genug davon kriegen, in ihrer egozentrischen Sprech- oder Schreibweise alles zu erwähnen, was ihre eigenen Angelegenheiten betrifft. Ich glaube, an diesem Vorurteil ist, wie an so vielen Vorurteilen, teilweise etwas dran, zumindest meine ich mich zu erinnern, daß es auf den einen oder anderen meiner Bekannten durchaus zutrifft.

Seit ich allein lebe, hat sich vieles verändert. Zum Beispiel ist mein Gedächtnis ganz allmählich wieder besser geworden. Solange Claudia lebte, fiel es mir oft schwer, mich an Vergangenes zu erinnern. Ich warf vieles durcheinander, war oft unkonzentriert, fing irgendwelche Tätigkeiten an, ohne sie zu Ende zu bringen, verlegte wichtige Dinge, die ich dann nicht mehr wiederfand, und ähnliches mehr. Das führte immer wieder zu Ärger und Aufregung. Später ist es ein wenig ruhig um mich herum geworden, aber was besagt das schon! Niemand weiß, wie es drinnen in mir aussieht. Es geht auch niemanden etwas an, Schnüffler schon gar nicht! Man sieht zum Glück immer nur das Äußerliche.

Aber ich empfinde es auch als gut so, als gerecht, so wie es jetzt ist, alles dieses hier. Das schöne, große, alte Haus mit den durchbrochenen Fenstern, dem repräsentativen Wintergarten mit seinen kunstvoll gedrechselten weissen Holzsäulen, dem klassizistischen Portal. Die fast herrschaftlich zu nennende Treppe, die vom Trottoir zum Haus hinaufführt. Die Lage des Hauses oberhalb dieser schönen Straße, die aus der Innenstadt in die Wälder hinaufführt, zum Tierpark, zu den Teichen, zum Bauernhaus mit der alten Windmühle. Der geschmackvolle Vorgarten des Hauses, ein für unsere nördlichen Verhältnisse üppig bewachsener Steingarten am Hang, auf den die Nachbarn und die Passanten neidisch blicken. Voller Zufriedenheit schaue ich auf das Haus, in dem ich schon immer alt sein wollte. (Und in dem jetzt Maria für mich sorgt.) Und voller Verwunderung, ja manchmal mit Andacht blicke ich auf meine Vergangenheit. Mehr und mehr gelingt es mir jetzt wieder, mich an Wichtiges zurückzuerinnern.

Mein Leben als Studiendirektor und Seminarleiter für Deutsch hatte sich wohl nur deswegen ein wenig anders entwickelt als es dem studienrätlichen Durchschnitt entspricht, weil einige meiner Seminarschülerinnen einen etwas zu offenen Blick hatten, ihn bei unserer germanistischen Projektarbeit manchmal einen Moment zu spät senkten und mich dadurch immer wieder in die Situation brachten, mich für eine von ihnen zu entscheiden...

Mit Kornelia, der zum Teil begabtesten, vor allem aber beständigsten unter ihnen, habe ich eine schöne Zeit verlebt.

Es waren, so weit ich mich erinnere, unkomplizierte Jahre, denen weitaus schwierigere folgten, als deutlich wurde, daß Kornelia sich auf Dauer nicht mit der im Grunde doch bevorzugten Rolle der Geliebten zufriedengeben wollte. Sie machte mehr und mehr Ärger, stellte Ansprüche, zettelte Konflikte an, setzte mich, was ich gar nicht leiden mag, unter Druck und drangsalierte mich - sie entwickelte sich zu einer richtigen »Amokhenne«. Habe ich das nicht schon irgendwann erzählt? Dann brauche ich es nicht zu wiederholen. Man behauptet ja, alte Leute »perseverierten«, das heißt, sie wiederholten sich ständig, immer wieder, immer und immer wieder...

Ich weiß gar nicht, was mit Maria los ist. In den letzten zwanzig Minuten ist sie viel öfter in mein Arbeitszimmer gekommen als es sonst ihre Gewohnheit ist. Aber jetzt habe ich endlich den Grund erkannt: Maria hat sich umgezogen! Sie trägt jetzt etwas ganz anderes als vorher, ja, man kann sagen, sie hat sich feingemacht!

Ihr Blick drückt ein wenig Enttäuschung darüber aus, daß ich es nicht schon viel früher bemerkt habe: vor allem die neuen spitzen Schuhe mit den halbhohen Absätzen, farblich passend, nämlich rabenschwarz, zu dem wahrscheinlich sündhaft teuren Rock aus so einer Art Samtcord. Na ja, es ist eben auch schwierig, in Marias Größe etwas Geeignetes zu finden. Ihr Blick fragt mich, fast ein wenig ängstlich, ob ich es nicht schön fände, was sie da angezogen hat.

Ich bin fast ein bißchen gerührt, als ich ihre Unsicherheit bemerke, bin gar nicht mehr verstimmt, weil sie mich schon wieder gestört hat. Und ich will schon wieder meine Hand dahin legen, wohin ich sie gelegentlich am liebsten lege: auf einen dieser auch bei einer sonst gar nicht so hübschen Person recht wohlgeformten Oberschenkel... Da besinne ich mich rechtzeitig darauf, daß Maria sich ganz gewiß nicht *meinetwegen* so schick angezogen hat! Vermutlich doch nur wegen dieses jungen Mannes, dessen Besuch uns bald ins Haus steht, dieses Herrn Lange! Und mit ein wenig abweisendem Blick deute ich nur leichthin auf ihre neuen schwarzen Schuhe und sage wie beiläufig:

»Abbssäzze ssu kurrrz!«

Ich glaube, jede andere Frau würde dies als vernichtende Kritik an ihrem Äußeren, ihrem Geschmack, ja als Strafe empfinden und würde empfindlich reagieren. Nicht so Maria. Sie lächelt mich fast dankbar an, dreht sich auf den von mir monierten Absätzen blitzschnell herum, verschwindet zur Garderobe im Flur hin und erscheint gleich darauf wieder, neu beschuht und ein gehöriges Stückchen gewachsen, mit immer noch strahlendem Lächeln und der Frage:

»Abbssazz lange genug?«

Die letzten zehn Jahre hatte ich teils hier, teils auf Teneriffa verbracht - mit Claudia, meiner zweiten Frau, einer wirklichen Traumfrau! Eigentlich wollte ich auf gar keinen Fall ein zweites Mal heiraten. Dennoch konnte ich einer so wunderbaren Frau wie Claudia nicht widerstehen. Ob es die Wirkung der Liebe war? Jedenfalls nicht allein! Ich glaube nicht an einfache Wirkungen! Meiner Meinung nach gibt es immer nur Kombinationswirkungen... Jedenfalls hatte mir Claudia ein Eheangebot gemacht, das ich nicht ablehnen konnte... Unsere Ehe war in gewisser Hinsicht so, wie sie sich viele Menschen erträumen: Sie beruhte auf einer derart festen Grundlage, daß nur der Tod sie hätte mutwillig trennen können.

Claudias Bild hängt gleich rechts an einer Holzsäule des verglasten Erkers meines Arbeitszimmers, und wenn ich beim Schreiben auf die Straße hinunterschaue, dann blicke ich stets auch in Claudias wache, dunkle Augen. Mir ist aber auch schon öfter mal aufgefallen, daß ich das Bild gar nicht mehr bewußt bemerke, daß ich mehr und mehr durch den

Rahmen hindurchsehe... Aber ich glaube, so etwas ist ganz normal. Manchmal hängt das Bild auch ein wenig schief, das kommt sicher davon, daß Maria es beim Putzen aus Versehen angestoßen und nicht wieder richtig gerade gehängt hat. Doch kann dies nicht erklären, wieso es dann nicht ebenso vom Staub befreit ist wie die anderen Bilder. Ich glaube, ich muß deswegen mit Maria mal ein Wörtchen reden.

Mein Verleger hat mich zwar gebeten, so wenig wie möglich zur vorigen Geschichte zu schreiben. Er sorgt sich um den Verkauf von »Bielefeld-Burano« (»Abssazz sonst ssu gering«!). Vertraglich hat er sich das Recht vorbehalten, entsprechende Passagen zu kürzen. Falls also einiges von dem, was ich erzähle, ein wenig verwirrend und unzusammenhängend erscheint, wenn ich etwas zu erzählen beginne und dann nicht weiterführe, so liegt das an den Kürzungen meines Verlegers, und nicht an mir!

Habe ich schon erzählt, daß ich mich mit Claudia, so oft es ging, auf die Kanarischen Inseln zurückgezogen habe? Ich weiß es im Moment wirklich nicht. Es fällt mir oft immer noch schwer, meine Gedanken zu ordnen. Claudia hätte, wenn sie noch lebte, ihre helle Freude daran. Schließlich hat sie mir doch eingeredet, ich sei alt und senil, könne meine Gedanken nicht in Ordnung halten und mein Gedächtnis sei wie ein Sieb. Es kann schon sein, daß ich mal etwas Wichtiges auslasse. Aber die Gegenwart ist mir sowieso lieber! Hundertmal lieber, als an die Vergangenheit zu denken, schaue ich mir hier in der Gegenwart Marias Bewegungen an, zum Beispiel wenn sie leise im Zimmer herumgeht, hier oder da herumwischt oder wenn sie kommt und mir etwas bringt. Maria ist nicht das, was man eine Schönheit nennen würde. Zum Beispiel hat sie keine besonders reine Haut, und ich glaube, das darunterliegende Gewebe ist ein bißchen wäßriger als es dem üblichen Schönheitsideal entspricht. Ihr

Gesicht ist von einer Reihe von Narben gezeichnet, vermutlich Spuren von Akne, dennoch ein Gesicht, das seine Reize hat! Maria hat auch keinen allzu betörenden Duft an sich. Es mag damit zusammenhängen, daß sie sich, gottseidank, so gut wie niemals parfümiert. Man kann auch nicht sagen, daß sie direkt riecht, und das, obgleich sie doch dauernd körperliche Arbeiten im Haushalt verrichtet. In den letzten Jahren, seit ich selbst Probleme mit der Hüfte und dem Rücken habe, schuftet sie noch viel mehr als früher. Nein, es ist wirklich nur ein ganz feiner, man könnte sagen, animalischer Geruch oder Duft, der von ihr ausgeht, gar nicht unangenehm!

Hat es nicht schon an der Tür geklingelt, und ich habe es überhört? Nein, sicher nicht, aber warum sollte ich nicht ab und zu mal auf die Straße herunter schauen, ob dieser Herr Lange nicht vielleicht zu früh kommt? Ein bißchen früher schnüffeln als nötig? Unsinn, eine Stunde ist doch wohl noch nicht vergangen! Ich habe mal gelesen, daß ältere Leute beim Verreisen schon stundenlang vorher auf den gepackten Koffern sitzen. Wieso auch nicht? Man könnte ja den Termin verpassen, zu dem das Taxi bestellt ist. Und dann verpaßt man am Ende den Zug... Welchen Beruf hatte Herr Lange doch gleich nochmal? Woher kannte er Claudia? Was weiß er eigentlich über *mich*?

> Ich habe immer wieder erlebt, daß das Aussteigen aus dem Beruf einen Menschen ganz schön verändern kann.

IV

Bielefeld-Teneriffa und retour

In meiner Erinnerung ist das Leben mit Claudia anfangs so, wie man es sich besser nicht wünschen mag. Gewiß - mir ist gar nichts anderes übrig geblieben, als Claudia zu heiraten. Aber ich glaube, das ist ganz normal, den meisten Menschen geht es auf die eine oder andere Art ebenso. Und es scheint nicht die schlechteste Grundlage für das Zusammenleben zu sein!

Warum es mir zunächst besonders gut geht? Es ist mir gelungen, eine Reihe von fortschrittlichen Paragraphen und sinnvollen Lücken in unseren Schulgesetzen zu entdecken, die es mir ermöglichen, meiner Tätigkeit als Seminarleiter für Deutsch im sogenannten Blockverfahren nachzugehen. Ein paar Tage oder Wochen arbeite ich an einem Stück, ein Termin folgt dem anderen, und auch abends finden immer noch Kurse und Seminare statt. Ich muß diese Dinge ja nicht großartig vorbereiten, habe ja alles auf Karteikarten, aber es kostet eben dummerweise immer Zeit und verlangt, daß man anwesend ist. Die nächsten Wochen oder Monate verbringe ich dann aber wieder in Ruhe auf Teneriffa, in unserer schönen Vivienda an der Playa Blanca, am Camino del Puerto...

Mancher wird sich fragen, ob ich hinsichtlich einer solch großzügigen Aufteilung von Beruf und Freizeit nicht vielleicht irgendwelche moralischen Bedenken habe. Überhaupt nicht! Um moralische Bedenken gar nicht erst aufkommen zu lassen, brauche ich mir nur einmal meine Berufskollegen anzuschauen: eine Mischung aus simplen Beamtenseelen, Spießbürgern und Fachidioten, die sich für nur wenig mehr als ihr Spezialgebiet und vielleicht gerade noch für irgendein Hobby interessieren, und dann natürlich noch fürs Auto, Essen und Trinken. Im Studienseminar unterhält man sich gewöhnlich über die Fernsehsendungen vom vergangenen Abend. Den sonstigen Horizont meiner Studienratskollegen kann man getrost als ein wenig eng bezeichnen - von Beweglichkeit und Findigkeit keine Spur! Einer ist darunter, der sich sogar damit brüstet, keine Tageszeitung zu lesen...

Manchmal kommt es übrigens vor, daß mir Maria beim Schreiben ganz kurz und freundschaftlich eine Hand auf die Schulter legt, um mir zu bedeuten, ich solle mich nicht so aufregen!

Claudia, die ich recht bald nach Kornelias tragischem Unglücksfall kennengelernt habe, ist, wie die Leser der vorigen Geschichte wissen, von Haus aus Kriminalbeamtin. Moment mal! Natürlich, jetzt hab' ich's, jetzt fällt's mir wieder ein: Herr Lange ist Kriminalbeamter! (Soll das jetzt hier schon rein? Sonst bitte streichen! Dann weiter mit »von Haus aus Kriminalbeamtin.« Danke!) Auch wenn manche meinen, ich wolle damit auf dieser billigen Welle mitschwimmen, wo in den Krimis mit einem Mal alle Kommissare Frauen sind - dies ist nun einmal Claudias Beruf. Man sieht jetzt bei der Polizei immer mehr weibliche Beamtinnen, zum Beispiel mit so großen blonden Strubbel- und Wuschelköpfen oder langen Pferdeschwänzen, man sieht sie überall in der Öffentlichkeit, auch in den grünen Mannschaftswagen, wo es manchmal wirklich ganz lustig zugeht. Ein paar Männer sind auch immer noch dabei.

Natürlich nutzen auch Claudia, die längst keinen Außendienst mehr macht, sondern sich mehr und mehr zur verantwortungsvollen Verwaltungstätigkeit hingezogen fühlt, in dieser Zeit die fortschrittlichen Frauenförderungsmaßnahmen.

Zwar kann sie leider nicht so oft wie ich ihrem Dienstort fernbleiben, aber bei ihrem schnellen Aufstieg in der Behörde und ihrer, wie man so schön sagt, zügigen Höhergruppierung reicht es immer öfter für die eine oder andere Woche, die wir dann gemeinsam in unserer Vivienda verbringen. Zusammen mit den Wochenblöcken, für die wir beide uns ab und zu in unserem Öffentlichen Dienst krankmelden, kommt unter dem Strich schon ein recht ordentliches vorgezogenes Rentnerleben auf Teneriffa dabei heraus!

Claudia ist zwar um einige Jahrzehnte jünger als ich, aber man sagt ja, daß manche Frauen sich nach der Eheschließung recht rasch verändern können, was immer damit gemeint sein mag...

In Claudias Fall verhält es sich erstmal so, daß sie sich nicht mehr so pflegt wie früher. Das hat sie bei ihrem von allen bewunderten Äußeren eigentlich auch gar nicht nötig. Ich kann mich nicht mehr genau daran erinnern, was im einzelnen dazu geführt hat und welches die wirklichen Ursachen dafür sind, daß ich nach einiger Zeit Claudia gar nicht mehr so sehr als »junge, dynamische Frau« wahrgenommen habe: die aufopferungsvolle Verwaltungstätigkeit oder die Vernachlässigung ihres Äußeren. Wahrscheinlich sind es ja, wie so oft, mehrere Ursachen zugleich gewesen. Vor allem aber auch die Verwaltungstätigkeit. Ich weiß viel darüber! Ist das nicht ein Zeichen für ein funktionierendes Gehirn? Wer immer mir einreden will, mein Gehirn litte an Altersschwund, sei verkalkt oder Ärgeres... hier die Probe aufs Exempel:

Verwaltungstätigkeit bedeutet keineswegs nur, der gleichen Tätigkeit, die die Kolleginnen und Kollegen sozusagen an der Front, im Außendienst tun, am Schreibtisch nachzugehen, mit Computer, Telefon und Kartei. Vielmehr erfordert eine wirksame Verwaltungsarbeit erst einmal die Beschäftigung mit der Verwaltung selbst. Darunter ist grundsätzlich mehreres zu verstehen.

Zum Beispiel ist es sehr wichtig, zunächst den eigenen Verwaltungsbereich von anderen Bereichen abzugrenzen. Das ist nicht immer einfach, da sich auf der einen Seite viele Arbeitsbereiche überlagern, und auf der anderen Seite bleiben bestimmte, durchaus wichtige Aufgaben völlig unbearbeitet. Hier kommt es darauf an, in einfühlsamer, manchmal aber auch sehr durchsetzungsfähiger Weise mit anderen Einrichtungen und Personen umgehen zu können.

Sodann spielt die Beschäftigung mit der Ausstattung des eigenen Verwaltungsbereichs eine wichtige Rolle. Dazu gehört sowohl die Ausstattung mit Sachmitteln, hier wiederum gegliedert nach festen Anschaffungen, zum Beispiel Büromobiliar und -geräten, und nach Verbrauchsmaterial, beispielsweise jeder Art von Büromaterial, als auch die Ausstattung mit Personalmitteln.

Bei dieser wichtigen Frage ist nicht nur darauf zu achten, daß entsprechend dem jeweils gewachsenen Verwaltungsaufwand genügend Personalstellen zur Verfügung stehen und weiter beantragt werden, sondern es muß auch darauf ankommen, dafür zu sorgen, daß der eigene Verwaltungsbereich personell ähnlich oder vielleicht sogar besser ausgestattet ist als die benachbarten Bereiche, damit er in ähnlicher Weise wirksam oder vielleicht noch effizienter arbeiten kann als die anderen Verwaltungseinheiten.

Ferner ist da der große und bedeutsame, nicht zu unterschätzende Bereich der Selbstverwaltung! Das Ausarbeiten von Selbstverwaltungsregeln und Selbstverwaltungsvorschriften, das Einberufen und Durchführen von Wahlen und Sitzungen aller Art einschließlich ihrer angemessenen Dokumentation durch verabschiedete und korrigierte Sitzungsprotokolle gilt als ein ganz wesentlicher Grundsatz eines funktionsfähigen demokratischen Verwaltungswesens. Denn nur wenn die Mitarbeiter einer Behörde auch die Zeit finden, ihre eigenen Belange selbst zu verwalten, das heißt, sie sorgfältig durchzusprechen, zu hinterfragen, zu regeln, zu entscheiden und praktisch zu gestalten, dann erreichen sie, psychologisch betrachtet, auch das Ausmaß an Zufriedenheit, das sie in die Lage versetzt, selbst wiederum wirksame Verwaltungstätigkeit auszuüben!

Schließlich muß daneben immer noch ausreichend Zeit bleiben, die eigentlichen Sachaufgaben, um die es in dem jeweiligen Verwaltungsbereich gehen soll und für die die betreffende Verwaltungsstelle und die zugeordneten Beamten ursprünglich eingerichtet und bewilligt sind und für die die zuständigen Sachbearbeiter die Verantwortung tragen, zu erledigen...

Claudia zieht zwar, wenn ich mich richtig erinnere, anfangs freiwillig die leitende Verwaltungstätigkeit dem schwerer einzuschätzenden und risikoreicheren Außendienst vor, um öfter in meiner Nähe sein zu können. Aber sie kann sich wahrscheinlich überhaupt nicht vorstellen, in welchem Maße sie durch die von ihr übernommenen Verwaltungsaufgaben in ihrem Wesen verändert wird.

Verändert wird sie anfangs durch die von mir soeben schon im einzelnen beschriebene Verwaltungstätigkeit selbst. Verändert wird sie im Laufe der Zeit aber auch dadurch, daß sie diese Tätigkeit nun immer weniger auszuüben braucht.

In Claudias Behörde wird es jetzt nämlich immer wichtiger, bedeutende Stellen mit Frauen zu besetzen, und das ist wirklich schön für Claudia. Leider ist es für die Inhaberinnen solcher Frauenstellen oft schwer, ihre Kollegen davon zu überzeugen, daß sie fähiger seien als diese, und so entzieht man solchen Stellen stillschweigend mehr und mehr Zuständigkeiten und Verantwortlichkeiten. Die Positionen, auf denen solche Vorzeigefrauen sitzen, verkümmern also immer stärker. Das ist eigentlich schade. Aber wenn im Dienst weniger zu tun ist, dann nutzt das natürlich unserem Familienleben. Doch leider zeigt jemand, der gewissermaßen frühzeitig, schon in jungen Jahren zwangspensioniert wird, manchmal alle möglichen Anzeichen eines vorgezogenen, sogenannten »Pensionärsbankrotts«! Auf jeden Fall habe ich immer wieder erlebt, daß das Aussteigen aus dem Beruf einen Menschen ganz massiv verändern kann.

Nehmen wir zum Beispiel Claudias Figur, nur um zu verdeutlichen, was ich meine. Ich sehe noch genau vor mir, wie sich Claudia auf der Terrasse unserer Vivienda in der Playa Blanca sonnt, auf dem Rücken liegend, ein Knie angewinkelt und hochgestellt: Ehe ihr Oberschenkel jenen Umfang annimmt, den alle Oberschenkel einmal weiter oben annehmen, da verjüngt er sich erst noch einmal, und das ist sehr lange so. Ist klar geworden, was ich meine?

Ich kann auch ein anderes Beispiel nehmen, Claudias Haartracht, ja Haarpracht, ihre wunderschöne Frisur, von der ich seit der Zeit, als ich Claudia in diesem Bundesbahn-Schlafwagenzug namens »luna« kennenlernte, so begeistert gewesen bin. Ihr Haarschopf, ihre langen, offenen, dunklen Haare, wenn auch tagsüber oft durch ein Tuch oder irgendeine Ansammlung von Klammern und Spangen gezügelt... Als Claudia in ihrer Dienststelle vom Außendienst in die Verwaltung wechselt, wird kurze Zeit später ein um einiges gekürzter, aber doch immer noch sehr adrett wirkender Pferdeschwanz daraus. Übrigens schon kein richtiger Naturpferdeschwanz mehr, sondern er sieht irgendwie schon ein bißchen veredelt aus, ich weiß gar nicht genau warum. Nach mehrjähriger Verweildauer auf den geschilderten Verwaltungspositionen wird Claudias Haar dann radikal gekürzt, vielleicht als Zeichen von Berufstätigkeit und Emanzipation, vielleicht auch schon als Signal fortschreitender Ordentlichkeit und Bürgerlichkeit. Und schließlich wird das Ganze, die ehemals wunderschöne Haarpracht zu einer stinkbürgerlichen Dauerwellenfrisur!

Ich bemerke gerade, daß ich dabei bin, immerfort von Claudia zu schreiben. Man kann mir also wenigstens nicht mehr vorwerfen, immer nur von mir selbst zu reden! Der einzige Nachteil daran, glaube ich, besteht darin, daß Maria irgendwie rauszukriegen scheint, wann ich über meine verstorbene Ehefrau schreibe, und wann nicht. Denn wenn ich dabei bin, von Claudia zu schreiben, dann kommt Maria überhaupt nicht mehr in mein Arbeitszimmer, um mich zu stören! Tatsächlich, sie muß das irgendwie im Gefühl haben, sie muß es irgendwie »riechen«, und sie »schneidet« mich dann regelrecht! Ich weiß auch nicht, wie ihr das gelingt, aber vielleicht erkennt man es irgendwie an meiner Haltung oder an meinem Gesichtsausdruck, so etwas soll es ja geben. Dabei brauche ich dringend wieder mal eine Tasse mit heissem Tee, wie ihn Maria so vorzüglich zubereiten kann. Das Beste ist, glaube ich, wenn ich vorübergehend wieder von mir selbst berichte...

An die vielen Flüge nach Teneriffa, Linienflüge ebenso wie Charterflüge, erinnere ich mich heute noch gut. Ich brauche dazu nur meinen linken Innenknochen am Ellenbogen zu berühren. Er schmerzt immer noch von einem Stoß, den mir eine dieser blonden Flugbegleiterinnen mit ihrem metallenen Servicewagen so unglücklich versetzt hat, daß ich einen sogenannten Tennisarm bekam, obgleich ich der gleichnamigen Sportart niemals gefrönt habe. Ich glaube, die Knochenhaut ist nachhaltig geschädigt.

Die Stewardeß hat sich sogleich entschuldigt und gemeint, es tue ihr besonders leid, weil im Alter ja die Heilungsprozesse alle viel langsamer verliefen! Mein Physiotherapeut hat mir geraten, den Knochen mit Eis zu massieren - Maria hat das dankenswerterweise übernommen. Sie macht das geradezu genial: Sie füllt Wasser in einen Joghurtbecher, steckt einen Eierlöffel hinein und läßt das Ganze in der Kühltruhe gefrieren. Anschließend zieht sie den so entstandenen Eisblock am Löffelstiel heraus und massiert nun meinen Knöchel mit dem Eisblock mit vorsichtig kreisenden Bewegungen, ohne daß sie dabei allzu kalte Finger bekommt, so lange bis ich sage, nun ist es aber genug!

Was ich eigentlich sagen wollte: Die Flugreisen zwischen unseren beiden Wohnsitzen, gewöhnlich preiswerte Touristenreisen in Chartermaschinen, oft mit Claudia zusammen, sehr oft aber auch allein, sind gewöhnlich recht amüsant. Kaum haben sich die meist übergewichtigen Fahrgäste in die abenteuerlich schmalen Sitze gezwängt, da fühlen sie sich auch schon wieder wie zuhause. Sie plaudern ungeniert und vernehmlich, benutzen Deos, leeren Bierdosen und versuchen, durch ständiges Insichhineinstopfen von Nahrungsmitteln aller Art ihr Körpergewicht aufrechtzuerhalten.

Manche Urlauberpärchen sitzen die üblichen vier bis fünf Stunden stocksteif nebeneinander, so als seien sie nur entfernte Verwandte, während manche andere bei jeder Gelegenheit versuchen, übereinander herzufallen und sich zu betatschen oder abzuschmatzen, soweit dies die enge Sesselkonstruktion zuläßt. Bei der Landung halten sich viele gespannt an den Händen, wobei sich oftmals dick beringte Hausfrauenfinger mit grell lackierten Fingernägeln in die Wurstfinger ihrer Partner eingraben. Wenn sich die Spannung dann nach der geglückten Landung löst, applaudieren diese Menschen plötzlich, klatschen heftig in die Hände, etwa so als säßen sie im Kasperletheater!

In diesen Flugzeugen von und zu den Kanarischen Inseln gibt es wirklich viel zu sehen. Wenn man nicht gerade in der ersten Reihe sitzt, kann man auf eine beachtliche Zahl von Grauköpfen gucken, mit anderen Worten, diese Maschinen sind zum größten Teil mit Senioren besetzt. Die Grauköpfe passen irgendwie ganz gut zu der bunten Freizeitkleidung, die hier vorherrscht. Auch unsere Nachbarn in unserer Wohnanlage auf Teneriffa mit hunderten weißgestrichener Viviendas oder besser gesagt Reihenhäusern sind so: ausschließlich Rentnerehepaare im gehobenen Alter, meistens solche, die tatsächlich bis zur gesetzlichen Altersgrenze gearbeitet und sich anschließend des Klimas wegen auf die Kanaren abgesetzt haben. Irgendwie müssen diese Leute ja dorthin gelangen, auf diese paradiesischen Ferieninseln, auf denen es deutsche Konditoreien mit Original deutschem Bienenstich und Schwarzwälder Kirschtorte jeden Tag frisch gibt, und irgendwie müssen sie ja auch zum Besuch ihrer Enkel ab und zu zurückfliegen.

Die Flugbegleiterinnen kennt man allmählich schon. Auf eine gewisse Weise sind sie einander alle sehr ähnlich. Wenn ich mich richtig erinnere, heißen sie zumeist Michaela oder Manuela, gelegentlich ist auch mal eine Claudia dabei, und später heißen sie dann meistens Stefanie. Ich gebe zu, man kann das genaue Beobachten der Stewardessen als Alterserscheinung auffassen. Solange ich auf Teneriffa lebte und immer hin und herflog, fühlte ich mich wirklich alt. Jetzt, wo ich wieder hier bin, fühle ich mich viel jünger, das soll mal einer begreifen! Auch Maria scheint das zu meinen, zumindest sagt sie es mir manchmal, wenn sie gut gelaunt ist. Und auf jeden Fall hilft sie mir dabei.

Habe ich schon von diesen Flugzeugen gesprochen? Ich glaube, ja, denn sonst wäre ich ja wohl nicht auf die Stewardessen gekommen! Also, anfangs macht mir das Fliegen noch Spaß. Das alltägliche Flug-Einerlei, die Vorführungen von Sauerstoffmasken, Schwimmwesten, Notausgängen und so weiter durch die jeweilige Michaela oder Stefanie, das rechteckige, standardisierte Essen und Trinken in der Maschine, die Schlangen der Wartenden vor den Klos gleich im Anschluß an die Mahlzeiten - zuerst finde ich es noch interessant, später widert es mich nur noch an.

Mich ekelt aber auch mehr und mehr manches an mir selbst. Es wird immer stärker, ich kann nichts dagegen machen. Vor allem kann ich es mir überhaupt nicht erklären. Werde ich tatsächlich alt, unansehnlich und ekelhaft, oder will man es mir nur einreden, und zwar so lange, bis ich selbst davon überzeugt bin? Bin ich allmählich selbst so eine klapprige Witzfigur, mit ein bißchen Sonnenbräune das Abgetakeltsein, die Schwächen und Krankheiten übertünchend wie diese alten Mitmenschen in den Chartermaschinen? Ist es wirklich so, oder versucht man es mir nur zu suggerieren? Ob das ein Ergebnis der jahrelangen Behandlung durch... (Halt, jetzt kommt endlich mein Tee! Das hat Maria aber mal wieder wunderschön gemacht. Ein Plätzchen ist auch dabei! Danke, Maria! Und du siehst im Moment ganz bezaubernd aus, wirklich, und überhaupt nicht zu dick!)

Also, was ich sagen wollte: Manchmal übermannt einen ja im Flugzeug der Schlaf, und man nickt langsam ein. Manchmal klappt es nicht gleich richtig, und dann zuckt man, kurz bevor man beinahe eingeschlafen wäre, zusammen, ist sofort wieder hellwach und beobachtet sich: Dann kann es passieren, daß man sozusagen neben sich selbst steht und sich wie ein Fremder betrachtet - und dann sehe ich, daß ich tatsächlich alt und häßlich bin! Mein Unterkiefer pflegt sich in solchen Situationen zu verspannen, die Mundpartie krampft sich so weit zusammen, daß die Kinnspitze bei zunächst noch geschlossenem Mund nach oben gedrückt und die Zähne des Oberkiefers in die Unterlippe gebohrt werden. Ich fürchte, das ist kein schöner Anblick. Sicher, man kann sagen, alles sei relativ. Es mag im Ganzen immer noch ästhetischer ausgesehen haben als bei vielen anderen dieser mitreisenden Grauköpfe, die mit manchmal halb, manchmal auch ganz geöffneten Mündern in ihren Sitzen schlafen. Aber es gefällt mir ganz und gar nicht.

Jetzt habe ich gar nicht bemerkt, daß Maria mich von der Seite anschaut, und zwar mit einem halb belustigten, halb kritischen Blick. Ich fürchte, sie kann, geübt wie sie ist, an meinem Gesicht tatsächlich ablesen, was ich gerade schreibe... Ich sollte mich bei meinen Erinnerungen nicht so gehen lassen. Jedenfalls nicht so, als säße ich als Rentner im Flugzeug und mir klappte beim Einschlafen immer wieder der Unterkiefer herunter!

> Das ist ja das reinste Krankenkassen-
> kapitel! - Streichen?
> (Ein Lektor)

V

Leben Langläufer länger?

Gesundheit, so sagt man, sei das höchste Gut. Ich glaube, das stimmt bestimmt für die zweite Lebenshälfte, oder für das dritte Drittel oder das vierte Viertel des Lebens...

Als Claudia mich heiratet, bin ich nicht mehr der Jüngste. Zum ersten Mal merke ich, wie alt ich geworden bin. Vielleicht fällt mir mein Alter nur deshalb auf, weil ich jetzt mit einer Frau zusammenlebe, die etwas von einer wirklichen Traumfrau an sich hat: attraktiv, intelligent, geschmackvoll, schlank und hübsch... (Das reicht! Bei den letzten Eigenschaftswörtern höre ich schon wieder unsere lieben Frauengruppen aufheulen!) ...und vor allem: die um so sehr viele Jahre, ja sogar um Jahrzehnte jünger ist als ich!

Es drängt mich, mein körperliches und seelisches Gleichgewicht wiederherzustellen. Mit meiner bisherigen Art zu leben habe ich Raubbau an Körper und Seele getrieben! Angesichts der Aussicht auf ein lebenslanges Zusammenleben mit einer Frau, die »meine Tochter sein könnte«, empfiehlt sich also eine gesunde und kräftigende Lebensweise. Ich brauche nicht lange nach einem wirksamen Verfahren zu suchen, mit dem ich das alles auf einfache Weise erreichen kann, nach einer Methode, um mich fit zu halten: Sport!

Sport treiben ist allerdings oft anstrengend. Es ist zeitraubend und teuer, sich die erforderliche Ausrüstung zu besorgen und sich darum zu kümmern, die richtigen Sportstätten benutzen zu können. Ich muß also versuchen, Sport zu treiben, ohne auf aufwendige Sportkleidung, -geräte und -anlagen angewiesen zu sein. Daher kommt für mich eigentlich nur eine Sportart in Frage: Jogging!

Ich glaube, der Dauerlauf, der Langstreckenlauf muß schon deshalb die ideale Methode sein, gesund und leistungsfähig bis ins hohe Alter zu bleiben, weil Sporttreibende aller möglichen Sportarten sie zur Konditionsgewinnung einsetzen, ganz gleich ob es sich nun um Fußballer, Boxer, Schwimmer, Basketballer oder Skisportler handelt. Ja, selbst der Trainer einer Riege von Trampolinspringern, den ich zufällig kenne, jagt seine Schützlinge ein paarmal um die Sporthalle, ehe sie diese betreten dürfen.

Nun will ich mich als heute pensionierter Studiendirektor nicht mit Trampolinspringern oder Profifußballern vergleichen! Aber gerade was das Sporttreiben im Alter anbetrifft, den Seniorensport, so stellen sowohl Trainer und Animateure als auch Mediziner, insbesondere die Herz- und Kreislaufspezialisten, das Joggen in der Skala der Methoden zur Vorsorge und Erhaltung der Gesundheit ganz obenan.

Es ist bekannt, daß regelmäßiges Laufen schon nach kurzer Zeit zu einer allgemein besseren Durchblutung des Körpers, zur nachhaltigen Senkung von Puls- und Atemfrequenz führt und daß Stoffwechsel und Verdauungsprozesse in günstiger Weise reguliert werden. Schlacken und Schadstoffe werden schneller abtransportiert, und der gesamte Körper wird besser entgiftet...

Ach, was erzähle ich da - ich glaube, ich muß mich entschuldigen! Wen außer mir selbst interessiert das alles eigentlich? Ist es nicht vielleicht viel interessanter, ob ein

Mord passiert ist oder sogar mehrere? ...Und damit wären wir wieder bei diesem Herrn Lange! Ich fürchte, daß er sich in den Kopf gesetzt hat, Claudia sei keines natürlichen Todes gestorben...!

Was ich doch noch gleich sagen wollte, auch wenn es mancher für unwichtig halten mag: Sport ist von großer Wichtigkeit gerade für ältere Menschen. Vor allem das Gehirn wird wirksamer durchblutet, so daß die geistigen Funktionen verbessert werden und dem zunehmenden Altersabbau entgegengearbeitet wird. Es ist bekannt, daß viele Intelligenzler, Schriftsteller und Wissenschaftler, wenn sie in die Jahre kommen, wie besessen dem Jogging frönen! Ich kenne einen Schriftsteller, jahrelang Spitzenfunktionär des PEN-Clubs, der dem Laufen so irrsinnig verfallen war, daß er ein Buch mit dem Titel »Lauf und Wahn« geschrieben hat. Eine gute Durchblutung des Gehirns ist nun einmal sehr wichtig... An mir selbst habe ich bemerkt, daß mein Denken und Gedächtnis beim Rennen am besten funktionieren. Ich denke, es geht sogar so weit, daß ich in bezug auf alles, was mit dem Laufen zusammenhängt, nicht die geringsten Erinnerungslücken habe, auch wenn mir jemand das Gegenteil einreden wollte!

Die Liste der segensreichen Auswirkungen des Laufens ließe sich noch erheblich verlängern, und entgegen den mißtrauischen bis äußerst kritischen Argumenten der Gegner dieser Sportart, insbesondere der ständig Übergewichtigen, die hier natürlich einiges zu verlieren haben, sind dies alles keine Spinnereien einiger Überzeugter oder Fanatiker, sondern das Ausgeführte ist alles einwandfrei wissenschaftlich erwiesen. Die Regierungen und die Krankenkassen, ja sogar die Verantwortlichen für die Astronautentrainings würden wohl kaum derart viel Geld ausgeben, für Trimm-dich-Kampagnen und andere Trainingsprogramme, wenn sie nicht die Wirkungen des Laufens Punkt für Punkt nachgeprüft und auch in bezug auf alle möglichen Kombinationswirkungen ausgetestet hätten.

Selbstverständlich sollen auch einige Nachteile des Laufsports nicht verschwiegen werden. Ach, ich glaube, das kann ich mir hier sparen, ich wollte doch längst aufhören, vom Laufen zu reden... Nur eins noch: Den unbestreitbaren Verlust an wertvollen körpereigenen Stoffen, den man beim Laufen, vor allem durchs Schwitzen, erleidet, kann man durch eine gezielte Ernährung, zum Beispiel durch die zusätzliche Aufnahme von Mineralien und Spurenelementen in Pulverform sehr gut wieder ausgleichen!

Verständlicherweise ist es eine immer wieder gern gestellte Frage, ob der Laufsport das Leben verlängern kann. Dieses Problem spielt auch in unserem Zusammenhang eine wichtige Rolle. Ich habe, als ich erstmals erwog, Läufer zu werden, eine befreundete Biologiereferendarin gefragt, wie es um das Problem »Sport und Lebenserwartung« bestellt ist. Ursprünglich habe ich hierüber übrigens zwei ganze Kapitel geschrieben, aber mein Verleger hat mir alles zusammengestrichen! Ich fasse daher nur kurz zusammen: Sport verschönert das Leben, wenn man gesund ist, aber er kann es verkürzen, wenn man krank ist. Für einen gesunden Langläufer heißt dies: »Als Läufer lebt man zwar nicht unbedingt länger, aber man stirbt gesünder!«

Wenn ich ganz ehrlich bin, mag ich Maria manchmal sehr. (Es dürfte allerdings ganz gut sein, es sie nicht zu deutlich merken zu lassen, damit sie nicht »über die Stränge schlägt«!) Sie hat nämlich so eine Art, mich manchmal aufzuheitern, ja, um es vielleicht ein wenig schwülstig klingend auszudrücken, Sonne in mein Leben zu bringen, die mir recht gut gefällt. Dann kann man gar nicht anders, dann muß man nicht nur ihre relative Häßlichkeit vergessen (aber sowas ist ja sowieso relativ), sondern man muß sie einfach mögen!

Zum Beispiel ist sie gerade wieder hereingekommen, um den Tee abzuräumen, und dabei muß sie wohl mit einem schnellen Blick erfaßt haben, daß ich mal wieder übers Joggen schreibe. Ich glaube, sie kennt einige meiner Schwächen ganz gut! Daraufhin macht sie, schon halb wieder draußen, mit der Zunge so ein Schnalzgeräusch, was wohl heißen soll: »Schau mal her!« - das tue ich dann auch sofort, und daraufhin rafft sie mit der freien Hand ihren schicken schwarzen Rock (ach ja, den sie bereits für den Besuch von Herrn Lange angezogen hat¹) und macht mit strahlendem Gesicht, Oberkörper nach hinten, mit den Beinen ganz schnell hintereinander ein paar Joggingschritte auf der Stelle. Das sieht ungemein lustig und nett aus, und es hört sich auch gut an! Und außerdem finde ich es schön!

Allerdings erinnert mich das sogleich wieder an den Besuch von Herrn Lange. Ich glaube, ich habe nicht mehr viel Zeit! In der letzten halben Stunde muß ich eine ganze Menge geschrieben haben. Ich glaube, auch das spricht gegen einen geistigen Abbau bei mir, oder? Es ist erstaunlich, wie gut und schnell man manchmal unter Druck schreiben kann!

An meine ersten Läufe erinnere ich mich ganz genau. Zuerst lasse ich mich belehren, daß man keineswegs normale Turn- oder Sportschuhe benötigt, sondern richtige, luft- oder flüssigkeitsgefederte Laufschuhe. Nachdem mir ein Studienreferendar seine Zweitschuhe geliehen hat, drehe ich vorsichtig ein paar Runden auf Waldwegen außerhalb der Stadt. Ich fahre dazu eigens mit dem Auto zu einem Parkplatz auf dem Johannesberg... aber nein, ich glaube, ich streiche die ganzen Geschichten über meine Läufe wieder! Nur eins vielleicht noch: Claudias Vater, Kommissar Feldkamp, würdigt den Laufsport stets als eine auch für die körperliche Ertüchtigung bei der Polizei äußerst gesunde und förderungswürdige Sache, er selber entschuldigt sich allerdings stets mit dienstlichen Ausreden. Wenn Kollegen im Präsidium in der Mittagspause die Joggingschuhe anziehen, um in den Grünanlagen dienstlich Laufsport zu treiben, zieht es ihn lieber zu einem wichtigen Arbeitsessen in die Kantine. Ich habe ihn eigentlich sehr gemocht, den Feldkamp, und ich bin innerlich ziemlich betroffen, als die Nachricht von seinem Unfalltod kommt. Ein jüngerer Beamter, der im neuen Parkhaus des Präsidiums mit der Stoppuhr geübt hat, wieviel Sekunden vergehen, bis volle Einsatzbereitschaft hergestellt ist, hat ihn mit dem Streifenwagen einfach umgesäbelt.

Meinen ersten richtigen Volkslauf absolviere ich in einem hügeligen und sandigen Waldgebiet vor den Toren unserer Stadt. Jeder Läufer, der sich für sieben Mark vorangemeldet hat - sogenannte Nachmelder müssen zwei Mark mehr bezahlen -, erhält eine Pappkarte mit seiner Altersklasse und Startnummer, die mit Sicherheitsnadeln auf der Brust am Laufhemd zu befestigen ist. Vor dem Lauf kommt ein Stempel auf die Pappkarte, damit hinterher..., ach, ich fürchte, mir glaubt ja doch keiner, wie wichtig das alles ist. Vielleicht sollte ich das lieber später mal erzählen, jetzt kommt ja gleich Herr Lange! Es ist schon eine Schande, über was ich hier alles nicht berichten kann, zum Beispiel von jenem Silvesterlauf rund um den Aasee, der mir wichtiger als das Silvesteressen bei Freunden ist, wie ich Claudia und unsere Gastgeber düpiere, indem ich die angebotene norwegische Lachsplatte zugunsten eines Näpfchens mit meinem Multi-Protein-Mineralpulver(Marke »Super-Performance«, mit Vanillegeschmack und jeder Menge Wirkstoffen) verschmähe, um die beim Rennen verbrauchten überaus wichtigen Mineralien und sonstigen wertvollen, lebenswichtigen Spurenelemente wieder zu ersetzen...

Laufen scheint, wie man gerade bemerkt haben wird, nicht unbedingt eine allzu soziale, gesellige Angelegenheit zu sein, obgleich es von außen häufig so aussehen mag. Anscheinend hat Laufen eine Menge mit Ichbezogenheit zu tun. Es ist jedenfalls eine Sache, die man auch, und manchmal sogar am allerbesten, ganz für sich allein ausüben kann. Der Laufsport scheint, wenn man ihn leidenschaftlich betreibt, tatsächlich so etwas wie Egoismus zu fördern. Selbst dann, wenn man nur über das Laufen *schreibt*. Ich merke es zum Beispiel daran, daß ich während des Schreibens Maria fast ganz vergessen habe! Das tut mir richtig leid. Ach, für mich gibt es fast keinen vollkommeneren Namen als Maria! Die Mohammedaner, die Muslims, mit denen wir in Zukunft, wenn meine Altersgruppe schon längst die Szene verlassen haben wird, noch viel Freude haben werden, wissen dies übrigens sehr genau. Eine befreundete Referendarin hat mir mal erzählt, daß sie im Orient, im Bazar und auf der Straße, ständig mit »Maria« angeredet worden ist:

»Maria, willst du was Schönes kaufen?«,

»Maria, möchtest du Eis?«,

»Sehr gutes Restaurant, Maria!«, und so weiter, man kann sich da noch eine ganze Reihe anderer Sachen denken. Die Referendarin, von der ich erzähle, heißt zwar Renate, aber das ist den Muslims ganz egal, sie bezeichnen nämlich jede Frau aus dem Westen als Maria! Für sie ist Maria der Inbegriff des Namens einer Frau. Ich glaube, für mich auch!

Bin ich nicht beim Laufen stehengeblieben? Laufen kann man tatsächlich am besten ganz für sich allein. In unserer Ehe spielt das Laufen bald eine gewichtige Rolle, und zwar im Sinne eines dauernden Reibungs- und Streitpunktes, eines

Zankapfels. Claudia hat nämlich mit Sport nichts im Sinn, sie behauptet, keine Zeit »für so etwas« zu haben. Sie spielt die gestreßte berufstätige Frau, die Frau mit den vielen wichtigen Terminen, die ihre Freizeit dann nicht noch mit Kinkerlitzchen verplempern will - dann schon eher mit ihrem alten Ehemann. (Auf der anderen Seite stelle ich bei routinemäßigen Kontrollen von Privatpost, Telefongesprächen und gelegentlichen Beobachtungen fest, daß die gestreßte, berufstätige Frau längst einen großen Teil ihrer Freizeit mit dem einen oder anderen, sagen wir, jüngeren Kollegen verbringt!)

Aber Claudia ist mein Laufsport nicht nur gleichgültig, sondern sie beginnt ihn zu hassen! Sie mißgönnt mir, immer gesünder, ausgeglichener, stabiler und äußerlich vergleichsweise ansehnlicher, weil viel weniger plump und schwergewichtig zu werden! Sie wird immer eifersüchtiger auf Dinge, die *mir* besonders wichtig sind, die *ihr* nicht zugänglich sind und die ich *ohne sie* erledigen kann...

Daß ich dennoch an meiner Laufleidenschaft festhalte und mein Laufpensum noch steigere, wann immer es geht, hat ebenfalls mehrere Gründe. Einer davon ist: Ich will einmal etwas ganz ernsthaft betreiben! Ich weiß ganz genau, daß eine Sache, der ich mich nicht nur so nebenbei, sondern wirklich ganz intensiv widme, dann auch gut, um nicht zu sagen sehr gut gerät! Mein Problem ist nur immer, daß ich mich in allen möglichen Hinsichten verzettele. Hier ein wenig Aktivität, dort ein wenig Anstrengung, hier ein Versprechen einlösen, dort eine Aufgabe erledigen, etwas Angefangenes zu Ende bringen, hier Hilfe leisten, sich um jemanden kümmern, dort einer Verpflichtung nachkommen und schon wieder jemanden zufriedenstellen... Wenn ich mich aber einmal ganz auf eine bestimmte Sache konzentrieren kann, dann wird auch etwas daraus, und zwar etwas, das sich wirklich sehen lassen kann!

> Das Leben ist schön. Das sage ich stets,
> wenn es mir gut geht, meistens, wenn
> ich mit einer so bemerkenswerten Frau
> wie Claudia zusammen bin
>
> (Bielefeld-Burano & retour)

VI

Fair is foul

Zum Thema Sport fällt mir immer so viel ein, daß es eine rechte Freude ist, zumindest für mich selbst... doch ich sollte mich beherrschen! Ein guter Trick, mich zu zwingen, nicht dauernd an den Laufsport zu denken, ist, mich Maria zu widmen!

Ich wäre zum Beispiel sehr unglücklich, wenn Maria plötzlich von mir wegginge, zum Beispiel um irgendeinen Kerl zu heiraten. Eigentlich kann ich mir das überhaupt nicht vorstellen, aber sowas soll es durchaus geben - man lebt jahrelang mit einer Person zusammen, und plötzlich sagt sie, sie müsse leider ausziehen, weil sie heiraten werde.

Nun, ich muß ja nicht gleich das Schlimmste annehmen. Es genügt auch, wenn ich sage, daß ich sehr betrübt wäre, wenn ich nicht mehr meine gebrauchte Wäsche in diesen runden Korb im Badezimmer absondern könnte, jenen schönen alten Korb, in den auch Maria immer ihre Wäsche wirft. Und ich fürchte, dieser junge Herr Lange - ich fürchte einfach, an meinem, an unserem Leben könnte sich eine ganze Menge ändern, wenn er herkommt. Wenn ich nicht aufpasse.

Und jetzt heißt es wirklich aufpassen! Ich glaube nämlich, da hat es schon geklingelt!

Was ich noch sagen wollte: So gut es ist, gesund zu sein, so schlecht kann es sein, wenn man kränklich ist. Während ich von einer sportlichen Bestleistung zur anderen eile und mir vorkomme, als sei ich noch nie so gesund und kräftig gewesen wie jetzt, macht sich bei Claudia immer mehr eine gewisse körperliche Schwäche bemerkbar.

Leider erinnere ich mich nicht genau an die Anfänge. Ich glaube, es sind zunächst Anzeichen, deretwegen man normalerweise gar keinen Arzt aufsuchen würde, vor allem allgemeine Schlappheit und Müdigkeit. Ich schreibe zuerst alles dem kanarischen Klima zu. Jeder Mensch reagiert schließlich anders auf einen Klimawechsel, da ist gar nichts Besonderes dabei. Manche Leute machen regelmäßig im Süden schlapp, fühlen sich aber in unserem unfreundlichen nördlichen Klima pudelwohl, und bei manchen ist es eben genau umgekehrt...

Für Cornelia, ich meine, für Claudia ist die häufig auftretende Müdigkeit zunächst kein rein gesundheitliches Problem. Vielmehr scheint ihr an ihren Schwächezuständen unangenehm zu sein, daß sie sich durch diese Behinderung gewissermaßen immer weiter von *mir* entfernt, der ich mich mehr und mehr zu einer Art Gesundheitsprotz entwickle. Es ist nach meinen Beobachtungen nun mal das erklärte Ziel fast jeder Ehefrau, unbedingt möglichst viel Zeit mit ihrem Ehemann zu verbringen, aus welchen Gründen auch immer! Manche Ehefrauen wechseln sogar die Religion, nur um mit ihm möglichst oft zusammenzusein, manche zwängen sich auf Barhocker, die sie sonst unter keinen Umständen bestiegen hätten, oder ziehen sich Lederkleidung und einen Motorradsturzhelm über - alles nur um dem Ehemann, wenn man ihn schon von seinen Vorlieben nicht abbringen kann, durch die Teilhabe daran möglichst nahe sein zu können!

In unserem Fall ist es so, daß mich niemand vom Laufsport abbringen kann, schon gar nicht auf den Kanarischen Inseln! Man kann verstehen, warum es so viele unserer Rentner immer wieder hierherzieht. Die warme, milde, leicht feuchte Luft ist eine wirkliche Wohltat für Leib und Seele, vor allem für Lunge, Herz und Kreislauf, für Muskeln, Bänder und Gelenke. Orthopäden, die sich in unseren Breiten an allen möglichen Erkrankungen des rheumatischen Formenkreises gütlich tun, würden meiner Ansicht nach in diesem kanarischen Klima regelrecht verhungern... Ich bitte um Entschuldigung, ich höre schon auf, und ich komme zur Sache: Leider lassen es Claudia ihre Schwächezustände nicht geraten erscheinen, ebenfalls Sport zu treiben.

Es leuchtet ein, daß sich eine solche Situation nicht sehr förderlich auf die, sagen wir mal, eheliche Atmosphäre auswirkt. Vielleicht liegt die allgemeine Stimmungsverschlechterung daran, daß einer von uns Sport treibt, und der andere nicht. Vielleicht liegt aber auch alles nur daran, daß unsere Ehe nun schon mehrere Jahre andauert - ich kann gar nicht sagen, wie lange, da ich zum Beispiel auch den Hochzeitstag immer vergesse.

Auf Teneriffa gelingt es uns meist noch, uns irgendwie zusammenzuraufen. Daheim in Deutschland geht längst jeder von uns seinen Interessen nach. Teilweise sind es sehr unterschiedliche Interessen. Die allgemeine Verschlechterung unserer beiderseitigen Beziehungen müßte eigentlich dazu führen, daß ich mein eifersüchtiges Augenmerk stärker auf den einen oder anderen jüngeren Beamtenkollegen Claudias richte - sei er im Vorbereitungs-, Außen-, Innen- oder Vollzugsdienst! Aber ich muß sagen, daß ich selbst viel zu sehr mit der Aus- und Weiterbildung der Referendarinnen an meinem Studienseminar beschäftigt bin. Einige von ihnen sind wirklich förderungswürdig... Jedenfalls ist die Stimmung zwischen uns oftmals, gelinde gesagt, ungünstig, ja man muß sagen, daß mir Cornelia, ich meine Claudia, mehr und mehr auf die Nerven fällt.

Claudias häufiges Kranksein tut ein übriges. Ich glaube, Krankheit ist deswegen etwas Teuflisches, weil es in kurzer Zeit die ganze Szenerie verändert und verdirbt. Es ist nicht nur das Äußere, das Äußerliche: Gesundheit macht schön, Krankheit macht häßlich. Schlimmer sind wohl die psychologischen Folgen des Krankseins.

Jemand, der sich anschickt, kränklich zu sein, kann die Nerven seiner Mitmenschen massiv belasten. Das Schlimmste ist, daß seine Partner sich darüber nicht einmal offen beschweren dürfen, denn es ist ja alles krankheitshalber so!

Wenn ein Kränkelnder schlecht gelaunt ist oder gutgemeinte Vorschläge ablehnt oder selber Vorschläge macht, die man einfach ablehnen muß, dann weiß man nie genau, ob dies nun etwas mit seinem körperlichen Zustand zu tun hat oder nicht. Der Kranke hat das schnell heraus! Er wird seine Krankheit womöglich häufiger, als es eigentlich berechtigt wäre, als Argument in die Waagschale werfen, oder er wird sie sogar als eine Art Kampfmittel, um sich durchzusetzen, gezielt verwenden. Damit setzt er seinen Partner immer ins Unrecht.

Zum Beispiel sage ich, wenn wir auf Teneriffa sind: »Claudia, wollen wir nicht endlich mal in ein typisch spanisches oder kanarisches Lokal essen gehen, also einmal nicht in ein deutsch geführtes Restaurant mit der hinreichend bekannten 'guten deutschen Küche'?« (Wer diese Urlaubsinseln kennt, dem dreht sich ja bei der dort üblichen Überflutung mit Etablissements vom Typus »Deutsche Metzgerei«, »Heidis Backshop«, »Wienerwald-Eck«, »Bei Toni« oder »Uschis Auflauf-Stübchen« schon im vorhinein der Magen um!) »Wir könnten doch heute einmal ausprobieren, welche

Gerichte es unten am Strand im 'Tipico Espanol' gibt!« Aber Claudia lehnt ab. Ob es aus Krankheitsgründen tatsächlich gerechtfertigt ist oder nicht, kann naturgemäß nur sie selbst wissen... Sie zwingt mich nachzugeben, sonst riskiere ich, als rücksichtslos dazustehen.

Oder Claudia fühlt sich allein und möchte, daß man sich um sie kümmert. Wenn man dazu nun keine Zeit hat oder womöglich auch einmal keine Lust, dann wird man beschuldigt, daß man ausgerechnet eine Kranke allein läßt! Ohne das Argument der Krankheit wäre der ganze Vorgang was ganz Normales, aber nun, angesichts der Krankheit, gibt es ernste Schwierigkeiten. Jetzt heißt es: »Wenn ich dich mal wirklich brauche, dann bist Du nicht für mich da!«

Wenn es erst einmal einen Grund für Zwistigkeiten gibt, dann folgen schnell weitere nach. Es gibt ja so viele Möglichkeiten, einander mißzuverstehen. Eine Zeitlang kommt es wohl nur deshalb nicht dazu, weil man über alles hinwegsieht. Das heißt aber nicht, daß keine Differenzen vorhanden wären! Sobald man nämlich mit der Nase auf sie gestoßen wird und erstmals bereit ist, sie überhaupt wahrzunehmen, öffnet sich die ganze Skala, die ganze Bandbreite der Unstimmigkeiten zwischen zwei Personen, die zusammenleben!

Zum Beispiel ist Claudia kurzsichtig, was bei manchen Frauen bekanntlich zu einem irgendwie hübschen Aussehen und zu einem manchmal ganz netten, liebreizenden Verhalten beiträgt, ich weiß gar nicht genau warum. Ich selbst bin allerdings schon immer weitsichtig gewesen. Im Laufe der Zeit spielt bei uns Kurz- oder Weitsichtigkeit eine immer größere Rolle. Etwa beim Zeitungslesen:

»Schau doch mal, hier in der Zeitung...!« Und dann hält man dem anderen die Zeitung so vor's Gesicht, wie man es bei sich selbst machen würde, und eben nicht so, wie es dem anderen angemessen und bequem erscheint.

Am Anfang mag das ja noch ganz lustig sein, aber irgendwann hört im wahrsten Sinne des Wortes der Spaß auf. Also, ich halte zum Beispiel Claudia die... jetzt habe ich leider vergessen, welche Zeitung es war, aber es war jedenfalls eine überregionale Tageszeitung... also ich halte ihr die Zeitung viel zu weit vom Gesicht weg und sage:

»Guck mal, Claudia, was sie hier zum Thema Übergewicht und Gefäßerkrankungen schreiben!«

Natürlich kann sie das Gedruckte auf diese Entfernung nicht erkennen, und darüber beschwert sie sich. Oder sie hält mir die... also dieses Blatt unmittelbar vor die Nase, was sehr unangenehm für mich ist, weil mir jetzt alles vor den Augen verschwimmt - ich muß sagen, ich empfinde das als wirkliche Zumutung!

Was die Sache mit der Kurz- oder Weitsichtigkeit anbetrifft, so behauptet Claudia, meine Weitsichtigkeit sei eine Alterserscheinung, sei Altersweitsichtigkeit. Es ist ihr einfach nicht klarzumachen, daß ich schon immer weitsichtig gewesen bin. Gut, es kann schon sein, daß ich vor allem durch das viele Schreiben in letzter Zeit noch ein wenig weitsichtiger geworden bin als vorher. Aber das sind ganz feine Unterschiede, die kann Claudia eigentlich gar nicht bemerkt haben...

Ein anderes Beispiel: Claudia meint, ich brauchte im Grunde kein Auto mehr. Es reiche, wenn sie mir immer dann, wenn ich ein Auto brauchte, ihres leihe. Schließlich sei man im Alter auch kein so guter Autofahrer mehr wie in jüngeren Jahren... An dieser Sache stimmt meines Erachtens zweierlei nicht. Erstens fühle ich mich keineswegs so alt wie Claudia meint. Ich sage ihr:

»Wer ständig das Altern als Argument im Munde führt, sollte wissen, wie relativ das ist! Die Mediziner sagen, daß jeder Mensch spätestens ab dem 25. Lebensjahr altert!«

Und zweitens: Wer kann mir denn garantieren, daß nicht genau in dem Augenblick, wo ich diesen..., na, die Marke ist ja auch egal, also wo ich den Wagen benötige, Claudia ihn nicht vielleicht gerade selber braucht? Sicherlich, ich habe gerade in der letzten Zeit ein paar Unfälle gebaut, so daß mich die Versicherung nach und nach um einige Schadenfreiheitsrabattklassen herabgestuft hat. Mehrfach habe ich auch die Abmessungen meines Wagens unterschätzt und kleinere Schäden verursacht. Aber es gibt meines Erachtens keinen vernünftigen Grund, Claudias Vorschlag zu folgen, schon gar nicht wegen der Bemerkung, ich gehörte zu einer gehobenen Altersklasse!

Manchmal merke ich selbst, daß ich anders reagiere als Jüngere, anders als ich es selbst vor dreißig oder vierzig Jahren getan habe. Zum Beispiel wenn Claudia einmal tanzen gehen will, lege ich mich quer, da mir Tanzen überhaupt nicht liegt. Oder wenn sie am Wochenende abends ins Kino gehen möchte. Immer wieder sage ich ihr:

»Hast du denn immer noch nicht begriffen, Claudia, daß am Wochenende die Abendveranstaltungen völlig überfüllt sind, so daß man lange anstehen muß und oft nur mit Glück noch eine Karte bekommen kann?!«

Haben solche Überlegungen, wie ich sie anstelle, etwa irgendetwas mit altersbedingt verringerten Fähigkeiten zu tun? Ich glaube fast, im Gegenteil. Es könnte etwas mit Wissen und Erfahrung zu tun haben! Die Unterschiede zwischen Jungen und Alten kann man je nach Betrachtungsweise immer so oder so sehen...

Ein ganz simples, fast ein wenig blödes und für manchen vielleicht sogar unpassend wirkendes Beispiel ist das Verhalten auf der Herrentoilette, beim Pinkeln. (Ich würde es hier gar nicht bringen, wenn ich nicht versichert hätte, in dieser Geschichte ganz offen zu sein.) Jüngere sind mit dem Urinieren oft in wenigen Sekunden fertig, das kann man immer wieder beobachten. Ältere brauchen dagegen für den gleichen Vorgang oftmals mehr als die doppelte Zeit. Aber was soll an diesem Unterschied so bedeutsam sein? Die eine Art hat für sich, daß eine Sache sich in kürzester Zeit ausgelebt und erledigt hat, wobei man noch den Eindruck hat, die ganze Aktion geschehe mehr oder weniger unkontrolliert. Das langsame und bedächtige Erledigen der gleichen Sache durch den Älteren erweckt dagegen den Eindruck, als habe man das ganze Geschehen viel stärker unter Kontrolle! Überhaupt muß man sich fragen, was besser ist: etwas, das kurz und gewaltig daherkommt, oder etwas, das langsam kommt, aber womöglich viel interessantere Formen annehmen kann! Aber, um es noch einmal zu sagen: Das Beispiel war sicherlich nicht das allerbeste, doch vielleicht ist daran dem einen oder anderen wenigstens klargeworden, was ich meine. Aber was wollte ich damit nun eigentlich sagen - ich glaube, ich hab's vergessen.

Eine der Sachen, die ich an Maria mag, läßt sich nur beobachten, wenn Maria Spanisch spricht oder irgendwelche spanischen Wörter in ihren Redefluß einfügt. Dabei kommt es dann zu solchen Zischlauten, bei denen man wohl die Zunge bis ganz vorne gegen die Zähne schieben muß. Jedenfalls macht Maria das immer so, und sie macht es sehr schön, wie sie ihre breite rosa Zungenspitze für ganz kurze Augenblicke zwischen den Zähnen hervortreten läßt und sie sofort wieder zurückzieht, übrigens ein bißchen so ähnlich wie bei einer Schlange.

> Was ist Wirklichkeit? Schulz, mein Schneider von nebenan, behauptet, die Wirklichkeit sei nur der Traum eines Hundes. (Woody Allen)

VII

Es klingelt!

Es klingelt an der Haustür. Ich erinnere mich: Die normale Abfolge wäre, daß es zuerst nur klingelte, und dann hörte man ein paar Sekunden lang nichts. Daraufhin hörte man, wie die Haustür geöffnet und einen kurzen Moment später wieder geschlossen würde, von Maria.

Diesmal ist die Abfolge anders: Zuerst hört man es klingeln, dann geht die Tür zu *meinem* Arbeitszimmer auf, Maria macht mir bedeutsame Zeichen, mit den Händen und mit den Augen, ich nicke ihr beruhigend zu, sie schließt meine Tür wieder, und dann hört man, wie sie die Haustür öffnet und nach kurzer Zeit wieder schließt.

Man vernimmt eine laute und feste, ich glaube man sagt »sonore« Stimme, die Stimme des offenbar soeben eingetretenen Herrn Lange, der vernehmlich einen »schönen, guten Tag« wünscht und vermutlich als nächstes seinen Mantel auf unseren braunlackierten Kleiderständer hängt.

Ich will offen sein: Ich habe Herrn Lange schon länger kommen sehen und habe gedacht, verdammt, jetzt ist die Stunde schon herum, ich habe mich verschätzt! Er ist aus einem dunkelanthrazitfarbenen Mittelklassekombi ungefähr fünfzig Meter weiter unterhalb auf der Straße gestiegen, ist also zuerst am Haus vorbeigefahren und dann wieder ein Stück zurückgegangen. Der Wagen ist kurz danach weitergefahren, Herr Lange hat sich also herbringen und absetzen lassen.

Nach der für meinen Geschmack ein wenig zu lauten Begrüßung im Vorraum hört man durch die Tür meines Zimmers zunächst gar nichts mehr, das heißt allerdings, wenn man sein Ohr an die Türfüllung legt, kann man hören, wie Herr Lange mit Maria tuschelt...

Wenn man ganz normal empfinden würde, also zum Beispiel ein wenig mißtrauisch oder eifersüchtig wäre, könnte man denken, die beiden kennen sich schon länger. Oder sie kennen sich näher, mögen sich sehr, sind vielleicht verliebt, umarmen oder küssen sich heimlich. Aber in Wirklichkeit kann auch alles ganz anders sein.

Denn was ist schon »wirklich«! Woody Allen sagt, daß Schulz, sein Schneider von nebenan, immer behaupte, die Wirklichkeit sei nur der Traum eines Hundes... Doch ich will wirklich nicht ablenken!

In Wirklichkeit darf man annehmen, daß sich Herr Lange bei Maria leise nach meinem Gesundheitszustand erkundigt, daß er scheinbar ängstlich fragt, ob mein geistiger Zustand es denn wohl zuließe, daß er sich mit mir unterhielte, oder ob ich nicht vielleicht doch zu verwirrt sei... In Wirklichkeit will er wissen, ob ich denn auch wirklich in der Lage wäre, einem Gespräch mit ihm zu folgen.

Wenn ich, in meinem Haus oberhalb der Dornberger Straße sitzend, ganz nebenbei, an das Meer, an den Strand am Nachmittag denke, dann kommt mir die Idee, daß das Leben schön sein könnte. Und was mir, zwischendurch, in diesem Zusammenhang, zu Maria einfällt: Sie könnte eigentlich eine gute Figur haben, eine vielleicht fast mädchenhafte, wenn sie sich, denke ich, ein bißchen mehr zusammennehmen würde. (Kennt jemand zufällig Salvador Dalis "Frau am Fenster"? Ganz so ähnlich sieht Maria aus!) Vielleicht pflegt sie sich doch ein ganz klein wenig zu wenig? Ach was, in letzter Zeit ist es schon viel mehr geworden! Soll ich noch sagen, was ich richtig süß an ihr finde? Sie hat so eine ganz starke Furche in der Mitte der Oberlippe, dort, wo wir als Kinder immer sagten, das sei die Ablaufrinne für die Rotze... Und dann hat sie ziemlich starke Hüften, das finde ich übrigens gar nicht mehr so schlecht, ich habe mal gelesen, daß man das mit zunehmendem Alter immer besser findet! Marias Schultern sind ein bißchen breit, aber ich muß sagen, irgendwie passen sie zu ihr! Über ihre Beine schreibe ich vielleicht später mal, aber eins will ich doch noch schnell sagen: In Marias Gegenwart habe ich nicht im Geringsten das Gefühl, alt zu sein!

Wie ist es denn überhaupt mit der Auffassung, dieser oder jener Mensch sei »alt«, und damit in bestimmter Hinsicht »out«? Ich glaube, im Grunde ist es doch so: Die Senioren, die Alten, das sind immer die anderen! Man selber nennt andere Menschen alt, nur nicht sich selbst, auch wenn es für Dritte ganz unübersehbar ist, daß man selber alles andere als jung ist. Man sagt jemandem, wenn es einem paßt:

»Na, du bist schließlich auch nicht mehr der Jüngste!« - wie ich diese Ausdrucksweise, die ich nur zu gut kenne, hasse!

Ist nicht eine chronische Krankheit oder die Tendenz zu kränkeln in viel stärkerem Maße etwas, das in die Schublade des Altseins oder Älterwerdens paßt als das kalendarische Alter, das für sich genommen noch gar nicht viel aussagen muß? Sicherlich, ich mag manchmal ein wenig altersverwirrt wirken, wenn ich zum Beispiel in die Buchhandlung gehen will und stattdessen im Schalterraum der Sparkasse lande. Aber das ist doch nur eine Nachlässigkeit, und noch keine

Krankheit! Sieht nicht jemand, der aus gesundheitlichen Gründen nicht einmal mehr in ein Restaurant vom Typ »tipico espanol« gehen mag, im Grunde sehr viel »älter« aus als jemand, der ein paar Jahrzehnte älter ist, aber noch locker jeden Morgen ein Dutzend Kilometer Dauerlauf im Gebirge hinter sich bringt? Beim Laufen habe ich noch nie irgendwas falsch gemacht. Also - wer ist hier eigentlich alt?

Zwar zögert Claudia lange, aber dann ist bei ihr doch einmal eine gründliche medizinische Untersuchung erforderlich. Sogar drei: im Krankenhaus des Roten Kreuzes von Teneriffa, dann zur Sicherheit bei uns zuhause im Krankenhaus auf der Rosenhöhe, und schließlich, um ganz sicher zu gehen, in der Universitätsklinik der benachbarten Provinzialhauptstadt.

Zunächst beglückwünschen die Ärzte Claudia zu ihrer robusten Gesundheit. Das wundert mich nicht, auch ich habe immer wieder festgestellt, daß Cornelia eine gute Konstitution besitzt. Die Ärzte haben auch keinerlei positiven Befund, doch laborieren sie noch länger mit irgendwelchen Blutuntersuchungen herum.

Während wir noch scherzen, Claudias Blut könne vielleicht von ihrem rot-grün-gelb-roten Lieblingspapagei, der sie auf Teneriffa immer so stürmisch mit »Ola!« begrüßt, infiziert sein, so daß sie nun womöglich Trägerin irgendeiner kanarischen Papageienkrankheit sei... eröffnet uns Chefarzt Dr. Nordholt, daß sich bei Claudia ein zwar seltener, aber dennoch bedeutsamer serologischer Befund ergeben habe!

Nun bin ich medizinischer Laie und will es auch immer bleiben - ich glaube, es ist nicht gut, auf diesem Gebiet allzuviel zu wissen, weil das zu lästiger Beunruhigung und schlaflosen Nächten führen kann. Wissen kann manchmal schädlich sein! Dennoch bin ich neugierig. Ich verstehe in diesem Falle ungefähr so viel, daß Claudias Blut ein Virus enthält, das ihre Immunität gegen Erreger verringert, die die

Leber angreifen und auch die Nierenfunktion beeinträchtigen. Also so etwas wie eine spezielle Immunschwäche gegen ein spezielles Virus!

Das Besondere an diesem Virus ist einmal, daß man seine Struktur bis jetzt noch nicht aufgeklärt hat, so daß es aussichtslos ist, es zu zerstören. Zum anderen agiert das Virus selbst manchmal schwächer und relativ unwirksam, und manchmal stärker und sehr angriffslustig. Es hängt ganz und gar vom jeweiligen körperlichen Zustand seines Wirtes ab. Es kommt also darauf an, in welch guter Verfassung sich gerade das Blut des Trägers befindet; dies wiederum hängt vom Gesamtzustand des Organismus ab. Das Virus scheint sich also mit dem Körper, den es bewohnt, sozusagen im Gleichschritt zu bewegen - es macht dessen Höhen und Tiefen mit, es ist wie eine Art Mitesser, ein Begleiter, den man nicht abzuschütteln vermag! Aus diesem Grunde, so vertraut Dr. Nordholt mir, um Claudia nicht zu beunruhigen, unter vier Augen an, sei es schädlich, wenn der Patient allzu fit und belastbar sei - dies sei nämlich die Bedingung dafür, daß auch das Virus stark genug werde, um richtig zuzuschlagen! Obgleich es also paradox klinge: Alles müsse vermieden werden, was den Körper zu sehr stärke und kräftige!

Jetzt wird mir plötzlich einiges an Claudias schwankendem Zustand klar: Am schlechtesten geht es ihr wohl deshalb regelmäßig auf Teneriffa, wenn wir in unserer gemütlichen Vivienda gemeinsam Ruhe und Erholung finden, weil sich dann auch dieses Virus gleichsam im Urlaub befindet, sich erholt und stark genug wird, um sein Unwesen zu treiben! Sicherlich wäre also, medizinisch gesehen, der anstrengende Außendienst für Claudia viel besser gewesen als das ruhige Leben mit mir!

Nun, wie dem auch sei - jeder »hat sein Päckchen zu tragen«. Der eine schleppt eine Behinderung mit sich herum, die man ihm nicht gleich ansieht, zum Beispiel daß er schielt oder hinkt, weil er ein zu kurzes Bein oder einen Hüftschaden hat. Der andere beherbergt vielleicht eine äußerlich nicht sichtbare, verborgene Krankheit, zum Beispiel Melancholie oder Verzagtheit, Unzufriedenheit oder Sehnsucht...

All das kann einem Menschen schwer zusetzen und an ihm nagen. Ich selbst bin früher stets Nichtschwimmer gewesen, und das Wissen um diese körperliche Minderwertigkeit hat mir immer schwer zugesetzt. Jemand anderer kann gar nicht beurteilen, wie stark ich dadurch beeinträchtigt war und wie sehr ich darunter gelitten habe. Diese Behinderung war gewiß nicht weniger schlimm als irgendeine der anderen hier genannten körperlichen Störungen.

Gut, wenn man einen Vergleich ziehen will, so sieht auf den ersten Blick das Schicksal, das Claudia getroffen hat, viel ernster aus als zum Beispiel das Schicksal, Nichtschwimmer zu sein. Aber bei genauerem Hinsehen auch wieder nicht! Selbst wenn, wie der Herr Professor von der Universitätsklinik für eine vierstellige Summe feststellt, Claudias Lebenserwartung bei ihrem serologischen Befund erheblich verringert ist - haben wir nicht alle eine verringerte Lebenserwartung, wenn wir nicht aufpassen? Gerade Nichtschwimmer können beispielsweise sehr schnell ihr Leben beendet sehen. Ferner kann Blendempfindlichkeit, nämlich beim Autofahren, oder eine Schwäche des Sprunggelenks, nämlich beim Überqueren der Hauptstraße, tödlich sein. Und von den vielen selbstmörderischen Verhaltensweisen, die als normal gelten, wie zum Beispiel Rauchen, Trinken und französisch Essen will ich gar nicht erst reden!

Claudia scheint, nachdem die Diagnose feststeht, kränklicher zu sein als je zuvor. (Ich sag's ja, oft ist es besser, die Diagnose gar nicht erst zu kennen!) Folglich fühlt sie sich nun noch viel stärker zu mir und den Orten, an denen ich mich aufhalte, hingezogen, sie meldet sich bei ihrer Behörde noch viel öfter krank und hat noch mehr Zeit für mich als vorher. Zugleich nimmt sie mich immer stärker in die Betreuungspflicht. Und da an meiner Art und Weise, sie zu betreuen, immer einiges auszusetzen ist, gibt es nun noch viel mehr Schwierigkeiten zwischen uns als schon zuvor.

Claudia beschuldigt mich nun immer häufiger, mich nicht gebührend um sie zu kümmern, sie verdächtigt mich, sie zu vernachlässigen. Nicht aus Gedankenlosigkeit und Nachlässigkeit, auch nicht aus Bösartigkeit oder Vorsatz - nein, sie behauptet immer häufiger, es handele sich bei mir um »rein altersbedingte Ausfälle«. Auf den ersten Blick klingt das fast wie etwas weniger Schlimmes, Verzeihliches. Doch schaut man genau hin, dann merkt man, wie niederträchtig diese Vorwürfe in Wirklichkeit sind.

Wenn ich zum Beispiel vergessen habe, für Claudia Medikamente zu besorgen und stattdessen einen genügend großen Vorrat an Milch eingekauft habe, heißt es: »Ach ja, das Alter!« Wenn ich versäumt habe, für sie Termine abzusagen und stattdessen welche vereinbart habe, die vielleicht ebenfalls sehr wichtig sind, zu denen sie aber gar nicht kommen kann - dann hält sie mir vor, geistig nicht ganz zuverlässig zu funktionieren.

Meine Haltung zu Claudias Krankheit ist eindeutig. Ich habe sie übrigens mit meinem Therapeuten abgesprochen, und sie besteht darin, daß ich mich bemühe, Claudia so normal wie möglich zu behandeln. Mit Therapeut meine ich selbstverständlich nicht *Psycho*therapeut, so etwas benötige ich wahrlich nicht! Vielmehr handelt es sich um meinen *Physio*therapeuten, der mich in sportlicher Hinsicht betreut. (Sporttermine vergesse ich übrigens niemals!).

Ich vermeide es also, Claudia als krank, schwächlich oder als schutz- und pflegebedürftig zu behandeln. Zwar versuche ich oft, sie aufzumuntern und alle möglichen netten Dinge mit ihr zu unternehmen, aber nie über das übliche und vertretbare Maß hinaus! Damit enttäusche ich zwar sicherlich ihre Erwartungen, aber das ist wohl ganz normal. Jede Frau will, glaube ich, ein bißchen als etwas Besonderes behandelt werden, will immer mal wieder »die Prinzessin spielen« und über Gebühr beachtet werden. Je weniger man aber dieser Tendenz nachgibt, desto besser ist es für beide! Denn man muß es auch mal so sehen: Wenn ich in diesem Punkt zuviel Schwäche zeige, weise ich Claudia ja immer wieder auf ihre eigene Kränklichkeit hin und bestätige sie in etwas für sie Ungünstigem und Nachteiligem!

Mit dieser Taktik - warum soll ich nicht ganz offen sein und es als Taktik bezeichnen? - komme ich eine Zeitlang ganz gut zurecht. Man kann sagen, damit läßt es sich leben. Es geht so lange gut, bis ich den schlimmen Eindruck gewinne, daß sich in Claudia mittlerweile auch noch etwas anderes verändert hat...

In ihr treibt nicht nur dieses Virus sein Unwesen - das Virus, das Gesundheit in Krankheit, Liebenswürdigkeit in Häßlichkeit und womöglich Liebe in Haß zu verwandeln imstande ist! Vielmehr empfindet Claudia es offensichtlich nicht als gerecht, *mich* unter den Gesunden und Zufriedenen, getrennt von ihr, allein zu lassen. Sie beginnt sich dagegen zu wehren, daß *sie allein* kränklich und häßlich ist! Sie wehrt sich und schlägt zurück. Die Art und Weise, wie sie das tut, ist ganz gewiß nicht fair. Sie trifft mich an der einzigen Stelle, an der ich verwundbar bin.

Ehe ich fortfahre, drängt es mich, noch etwas über Maria zu sagen. Maria als Person ist wirklich... Es ist kaum zu glauben! Hat mir der Kerl doch den ganzen restlichen Text weggestrichen... Er behauptet, ich neigte dazu, mich ständig zu wiederholen!

> Unsere alten Patienten entwickeln einen neuen Instinkt dafür, ob es ein Mensch gut mit ihnen meint, oder nicht
> (Ein Psychiater)

VIII

Alter darf nicht abseits stehn

Oft kann einer nicht leiden, wenn der andere etwas hat, was ihm selbst fehlt. Ego ist eifersüchtig auf das, was Alter hat...

»Mußt du denn immer am Wasser sitzen und die Angel ins Wasser halten?!« fragt zum Beispiel die Ehefrau des Anglers, die fürs Angeln nicht viel übrig hat.

Manchmal stört es einen auch, daß man selbst sich für etwas begeistert, das dem anderen ganz gleichgültig ist. Ego versteht nicht, daß Alter so anders ist...

»Komm doch heute mal mit ins Museum, wenigstens ein einziges Mal, da ist jetzt eine ganz ganz wichtige Ausstellung!« sagt beispielsweise der Kunstliebhaber, dessen Partnerin Kunstausstellungen meidet wie die Pest.

Claudia kann offenbar nicht mit ansehen, wie ich durch Joggen und Trimmen immer gesünder und athletischer werde, sie selbst aber durch das Virus, das ihr Körper ernährt, von Jahr zu Jahr anfälliger und kränklicher wird. Da nicht sein kann, was nicht sein darf, entdeckt Claudia immer häufiger auch an *mir* massive Anzeichen von Unvollkommenheit, Mangel, Schwäche, Krankheit. Sie entdeckt bei mir Altersanzeichen, typische Senioreneigenschaften, angeblich gravierende und bedrohliche Zeichen von Altersschwäche, zunehmende Anzeichen von Senilität!

Will jemand an einem anderen Menschen Zeichen der Unvollkommenheit feststellen, so wird es ihm nicht schwerfallen, solche Merkmale auch prompt aufzuspüren. Man findet immer, was man sucht: Positives oder Negatives, Gutes oder Böses, Schönes ebenso wie Häßliches, und Merkmale von Jugendlichkeit ebenso wie, wenn man will, Anzeichen fortgeschrittenen Alters! Manche Menschen altern langsamer als andere, und manche schneller - es kommt wohl nur auf das »Auge des Betrachters« an.

Claudia arbeitet jetzt systematisch und verbissen daran, mich als alt, senil, zum alten Eisen gehörig abzustempeln. Sie tut es auf vollkommene Weise. Das heißt, sie macht jeden bei fast jeder sich bietenden Gelegenheit darauf aufmerksam, was an mir alt, was eine Alterserscheinung, ja was Altersschwäche sei. Sie rückt raffinierterweise nicht nur die ungünstig wirkenden Eigenheiten des Alterns oder Altseins in den Mittelpunkt der Aufmerksamkeit, sondern manchmal auch die gleichsam entschuldbaren, netten und liebenswerten, »vertrottelten« Züge an mir:

»Sie glauben gar nicht, wie ordentlich mein Mann ist! Getragene Kleidungsstücke und Bücher, in denen er gelesen hat, ordnet er gleich nach Gebrauch wieder ein. Er vergißt nur leider die Stellen, an denen er sie eingeordnet hat, sofort, und dann findet er sie danach nicht wieder!«

Aber es überwiegen natürlich die auf unsere Bekannten und Freunde ungünstig wirkenden, nämlich die auf grobe Senilität hindeutenden Merkmale:

»Wissen Sie, ich machte mir erhebliche Sorgen, als er nach mehreren Stunden noch immer nicht zurück war. Funkstreifenwagen und auch Taxis waren schon auf der Suche nach ihm, und auch eine Radiodurchsage war bereits vorbereitet.

Da kam er plötzlich putzmunter, wenn auch total verschwitzt durchs Gartentor - er war joggen gewesen und hatte einfach vergessen, mir vorher Bescheid zu sagen!«

Jugendlichkeit gilt nun mal als positiver, Alter als eher negativer Wert. Nehmen wir zum Beispiel das Gedächtnis. Mit einem funktionierenden Erinnerungsvermögen, als Grundlage, die eigene Erfahrung auszuspielen, kann man manches an Schnelligkeit und Wendigkeit, das einem Jüngere voraushaben mögen, wieder ausgleichen.

Oft entgegne ich Claudia:

»Wenn du etwas an meinem Gedächtnis auszusetzen hast, dann liegt das an den von dir gewählten Gegenständen, an die ich mich erinnern soll! Nimm doch stattdessen mal Themen aus meinem Beruf! Frag mich doch mal nach den Namen, Adressen und Telefonnummern unserer Studienreferendarinnen! Frag mich nach den Ferienplänen meines Seminars, und du wirst sehen, daß ich alles behalte und mir niemals Notizen zu machen brauche!«

Ich glaube, mein Gedächtnis arbeitet teilweise derart präzise, daß mein Gehirn schon wieder Anstrengungen unternimmt, bewußt einiges auszulassen, vielleicht um den Speicher nicht zu überlasten! Zum Beispiel vergesse ich mehr und mehr Zahlen und Zahlenkombinationen wie etwa Telefon- oder Kontonummern - offensichtlich, um genügend Platz für andere Dinge zu haben! Ich vergesse auch alle möglichen Begebenheiten, vor allem wenn sie irgendwie unangenehm sind. Man könnte also sagen, mein Gedächtnis ist darum bemüht, mich absichtlich an einiges *nicht* zu erinnern, weil es zum Beispiel den Seelenfrieden stören, unangenehm oder verräterisch sein könnte...

Claudia ist zufrieden, wenn *sie* die Erinnerungslücken, die *sie* bei mir sucht, auch findet. Sie hat sich in den Kopf gesetzt, mich auf diesem Gebiet schlecht aussehen zu lassen.

Man hat den Eindruck, sie arbeitet hart daran, nichts zu vergessen, um mir Erinnerungsfehler und Gedächtnisschwächen nachzuweisen.

Ein großer Teil unserer älteren Mitmenschen soll ja an der sogenannten Alzheimerschen Krankheit leiden, einer Gehirnerkrankung noch unbekannter Ursache. »*The big A*« nennen die Amerikaner diese Krankheit furchtsam und ein wenig ehrfürchtig. Wer von ihr befallen ist, bei dem kommt es ab dem fünften oder sechsten Lebensjahrzehnt zu einem allmählichen Schwund der Großhirnrinde! Dann tritt Vergeßlichkeit auf, die sich zuerst nur ganz langsam und schleichend ins Spiel setzt, dann mehr und mehr zunimmt, und schließlich werden große Lücken ins Gedächtnis gerissen, während alle möglichen anderen seelischen Funktionen, ich habe im einzelnen vergessen, welche, noch intakt bleiben können! So kann, glaube ich, die Haut ihre jugendliche Festigkeit und Geschmeidigkeit behalten, und auch Arthritis und andere rheumatische Erscheinungen mit ihren bekannten Auswirkungen auf die Körperhaltung und die Beweglichkeit müssen nicht unbedingt häufiger werden. Dennoch können auch diese anderen Dinge nach und nach in Mitleidenschaft gezogen werden, und die Sache läßt sich nicht wieder rückgängig machen!

Wer an einem fortgeschrittenen Stadium des geistigen Verfalls à la Alzheimer leidet, wird gewöhnlich *pflegebedürftig* und in ein Pflegeheim eingewiesen. Solch ein Heim ist, auf Deutsch gesagt, oft nur ein anderer Begriff für Klapsmühle, und man kann sich lebhaft vorstellen, daß jemand, der einmal in einer solchen Klapsmühle dahinvegetiert, in kürzester Zeit verrückt wird und zugrundegeht, obgleich er doch ursprünglich vielleicht nur unter einem schlechten Gedächtnis gelitten hat! Und dann sind solche Pflegeheime meist kirchliche Heime, und das macht ja alles nur noch schlimmer! Ich glaube, ich selbst sähe mein Leben lieber vorzeitig beendet, als daß ich es in einer solchen sozialen Einrichtung nach und nach zu Ende leben müßte.

Wenn mich mein Gedächtnis nicht täuscht, hat Claudia schon recht bald, nachdem, wie man so schön sagt, der erste Lack von unserer Beziehung abgeblättert war, öfter mal darauf hingewiesen, daß mit meinem Gedächtnis wohl irgendetwas nicht stimmen müsse. Ich kann mir das zuerst gar nicht erklären. Aber merkwürdigerweise kann Claudia jedesmal, wenn sie so etwas sagt, gleich ein Beispiel anführen. Zugegeben, in dem einen oder anderen Fall erinnere ich schon mal das eine oder andere nicht ganz richtig. Habe ich das nicht schon erzählt? Oder ich wiederhole mich, weil ich vergessen habe, was ich schon vorher gesagt habe und was ich erst noch sagen will. Ich werfe auch schon mal gelegentlich Dinge durcheinander, vielleicht sogar in dieser Geschichte hier, zum Beispiel die Vornamen Marion und Ingrid oder die Ortsnamen Bielefeld und Münster. Zuerst vielleicht ganz spielerisch, mit einem Hintergedanken oder aus einer Laune heraus, aber dann auch schon mal unbeabsichtigt und ohne daß ich es merke.

Es kommt mir auch so vor, als hätten sich bei mir im Laufe der Zeit, in der Claudia immer wieder auf meine angeblichen Gedächtnislücken hingewiesen hat, in zunehmendem Maße tatsächlich welche eingestellt. Zum Beispiel will mir Claudia einen Einkaufszettel mitgeben, »weil ich ja sonst doch die Hälfte vergesse«, ich lehne natürlich empört ab, und hinterher vergesse ich in der Eile kurz vor Geschäftsschluß tatsächlich, Milch und Brot einzukaufen, und dann sind die Läden zu, und das ganze Wochenende über herrscht zuhause nur noch feindselige Stimmung. Aber kann man solche Fehler vielleicht auch so erklären: Wenn man jemandem nur oft genug einredet, er habe eine bestimmte Macke oder einen Mangel, und dann zeigt er diese Schwäche im Laufe der Zeit tatsächlich! Vielleicht, weil er allmählich selber davon überzeugt ist! Ich glaube, man nennt so etwas eine »sich selbst erfüllende Prophezeiung«.

Ich kannte mal eine Referendarin, der ihr Freund, bald nachdem sie miteinander intim geworden waren, immer wieder sagte, sie sei »kalt wie Hundeschnauze«. Das war von ihm rein körperlich gemeint, und es reichte aus, um das Selbstvertrauen dieser Referendarin ganz schön zu beeinträchtigen. In kürzester Zeit, so berichtete sie mir glaubwürdig, sei sie ihm gegenüber tatsächlich immer kälter und gefühlloser geworden - seine Vorhersage war also sehr bald eingetroffen, die Prophezeiung war erfüllt worden. Zum Glück konnte ich die junge Frau im Laufe der Zeit wieder vollkommen beruhigen und ihr Selbstbewußtsein wieder aufbauen: Ich stellte ihr danach die Prognose, daß aus ihr, wenn sie sich in der Liebe vielleicht noch ein ganz klein wenig aktiver verhalten würde, in kürzester Zeit eine Superfrau werden würde - und daß sich dies dann tatsächlich so entwickelte, davon konnte ich mich zum Glück noch längere Zeit persönlich überzeugen!

Auch ich selbst werde, glaube ich, nach und nach das Opfer einer sich selbst erfüllenden Prophezeiung. Es fängt schon damit an, daß ich jetzt immer stärker auf das Altwerden achte. Früher war das für mich kein Thema, aber jetzt werde ich dauernd darauf gestoßen. Manchmal schlafe ich jetzt absichtlich länger, weil ich denke, ich könne auf diese Weise Kraft sammeln und den Alterungsprozeß ein wenig hinauszögern. Ganz gegen meine Gewohnheiten lege ich öfter bewußt eine Mittagspause mit einem kleinen Mittagsschlaf ein, auch wenn ich zu dieser Tageszeit noch nicht besonders erschöpft bin. Mittags zu schlafen erweist sich übrigens als gar nicht so einfach, manchmal ist es regelrecht quälerisch, mit Gewalt einzuschlafen zu versuchen. Wenn man dann tatsächlich einnickt und nach einer oder anderthalb Stunden ziemlich zerschlagen und einigermaßen unorientiert wieder aufzuwacht, fühlt man sich alles andere als gut. Aber ich tue es, weil es mir helfen soll, dem Altern entgegenzuwirken. Claudia allerdings sieht darin bei mir nur ein massives Anzeichen für einen fortgeschrittenen Alterungsprozeß, ja für »Altersabbau«, wie sie sich unseren Bekannten gegenüber ausdrückt...

Ich beginne wirklich, mich alt zu fühlen, ich bemerke es bei vielen Gelegenheiten. Mehr und mehr meide ich meine Lieblingskneipe, die »Wunderbar«, weil mir hier der Altersdurchschnitt mittlerweile viel zu niedrig vorkommt - sowas macht mich nur trübsinnig! Ich merke, wie ich stattdessen Cafés bevorzuge, die stärker von älteren Mitmenschen besucht werden. Der Grund dafür scheint mir ganz einfach zu sein: Ich gehe jetzt lieber unter Leute, bei denen ich im Vergleich gut abschneide, und ich meide solche, bei denen ich vergleichsweise mein Alter zu spüren bekommen könnte.

Ich sehe kaum noch genau hin, wenn der Sommer kommt und die jungen Frauen wieder dünne Sommerkleider mit unzähligen bunten Punkten oder sonstigen kleinen Mustern tragen. Anstatt wie üblich den Anblick so mancher jüngeren Person des anderen Geschlechts zu genießen (Soll ich ganz offen sein? Besonders die hellblauen Äderchen, wenn sie aus nicht allzu stark gebräunten Kniekehlen hervortreten!), lehne ich mich nun immer öfter an die Theke irgendeiner Kneipe in der Innenstadt und betrachte die Senioren um mich herum, Kerle mit grauen Schläfen, am Bierglas die schwammigen oder knochigen Hände mit der faltigen Haut und den oft ungesund wirkenden, dicken, blauvioletten Adern... Sicherlich, nicht immer ein schöner Anblick, aber ich glaube, so etwas hält mich jetzt noch am ehesten fit!

Die ganze Art, wie Cornelia mich kritisiert, teilweise mit einem schon leicht karitativ klingenden Einschlag (besonders wenn andere Leute zugegen sind!)..., zum Beispiel:

»Na, hat mein lieber Mann vielleicht wieder den Namen dieses dummen Waschmittels vergessen?«,

...diese ganze Art und Weise ist ohne jeden Zweifel dazu angetan, mich als »altersschwach« hinzustellen, mich zu demütigen... Kaum habe ich mal was nicht richtig erinnert oder suche längere Zeit nach irgendeinem Begriff, ohne ihn zu finden, stellt sie diesen Vorfall nicht als einmaliges Ereignis, sondern als gewohnheitsmäßig hin, und wenn sie dies dann einmal als so eine Art Dauerzustand bezeichnet hat, dann spricht sie nicht etwa von »Vergeßlichkeit«, sondern von »*Verwirrtheit*«. Sie liest mir aus der »Frankfurter Zeitung« vor, in den Heimen der Bundesrepublik Deutschland lebten bis zu 50 Prozent *verwirrte* Menschen, ich glaube, in der Rheinprovinz sollen es sogar noch viel mehr sein! Oder sie bringt von einem Arztbesuch eine im Wartezimmer aus einer Ärztezeitschrift herausgerissene Glanzpapierseite mit nach Hause und läßt sie auffällig auf dem Tisch liegen, auf der sich eine Überschrift des Typs befindet:

»*Auch durch ein geschädigtes Gehirn wird dem menschlichen Leben nichts von seinem Sinn genommen!*«

Einmal liest sie mir einen Artikel aus der »Frankfurter Zeitung« vor - aber es kommt mir so vor, als hätte ich das schon erzählt... Ein anderes Mal wartet sie in unserer Vivienda auf Teneriffa, während ich noch in..., also während ich noch irgendwo zu tun habe. Ein paarmal habe ich aus purem Abwechslungsbedürfnis heraus versucht, nicht zu fliegen, sondern bis Barcelona mit dem Zug zu fahren und dann die Seereise mit der Fähre zu genießen. Ich glaube, sie dauert 24 Stunden, kann aber auch sein, daß es viel länger ist. (Halt! Ich habe versprochen, ganz offen zu sein! Auf diese

Seereisen will ich immer Anja mitnehmen, aber dauernd kommt bei ihr was dazwischen!) Wichtig ist dabei jedenfalls, daß Claudia mich nicht vom Schiff abholt, weil sie behauptet, ich hätte gesagt, ich käme mit dem Flugzeug. Die Details sind ja eigentlich auch egal, jedenfalls richtet Claudia es immer so ein, daß es so aussieht, als habe mich mal wieder mein Erinnerungsvermögen im Stich gelassen! Dabei fällt mir übrigens gerade ein gutes Beispiel für die Intaktheit meines Gedächtnisses ein: Ich erinnere mich ganz genau, daß Alois Alzheimer die nach ihm benannte Form der sogenannten präsenilen Demenz erstmals 1906 beschrieben hat!

Claudia, die ich nach meiner Reise mit Kornelia von Bielefeld nach Burano kennengelernt hatte (eine Reise, die Kornelia unglücklicherweise nur als Leiche beendete), ist früher einmal für mich die absolute Traumfrau gewesen. Aber man vergißt oftmals die Zeit! Mit der Zeit können sich die Verhältnisse ändern, manchmal ganz langsam, manchmal ganz unvermittelt. Plötzlich kann das Bild umkippen...

Auf einmal stelle ich fest: Ich mag Claudia nicht mehr. Es ist wie ein Umschalten, das innere Umlegen eines Hebels. Alles, was ich jetzt sehe, was ich wahrnehme, ist anders als vorher. Ich entdecke plötzlich an Claudia alle Häßlichkeiten, die man sich nur denken kann. An der Claudia, die für mich einmal der Inbegriff von Schönheit gewesen ist. Übrigens nicht nur für mich - auch für andere muß Claudia eine ganz ungewöhnlich bemerkenswerte Person oder, sagen wir mal, Erscheinung gewesen sein. Wie sollte es denn sonst zu der gehässigen Bemerkung Ingrids über Claudia und mich gekommen sein, die man mir zugetragen hat:

»Na, da ist er wohl mal wieder auf so einen hübschen Körper reingefallen!«

Und wie oft habe ich gesehen, daß junge Typen Claudia mit, gelinde gesagt, verwegenen Blicken betrachteten...

Wie dem auch sei: Ich entdecke nun, daß Claudias Haut unrein, daß sie ausgesprochen trocken, daß sie in erheblichem Umfang faltig ist. Die Falten sind, wenn man näher hinsieht, wirklich nicht unbedingt sehr nett anzuschauen. Ich stelle fest, daß Claudia zuviel in sich hineinfrißt, daß sie zu schwer ist, daß sie sich nicht genügend zusammennimmt.

Mir fällt jetzt auch wieder ein, daß Freunde mir gegenüber manchmal vorsichtig haben durchblicken lassen, ich sei ja in meiner übermäßigen Zuneigung zu Claudia wie blind, ich sei sehr abhängig von ihr, ich täte ja so gut wie alles für Claudia, ich opferte meine Unabhängigkeit, und so weiter. Auf einmal kann ich diejenigen, die das schon immer stirnrunzelnd bemerkt haben und die ich dafür gehaßt oder verachtet habe, verstehen.

Ich stelle, nachdem die Umschaltung einmal vollzogen ist, fest, daß Claudias Stimme ein wenig zu laut ist, daß sie nicht lieb und weich, sondern eher hart und metallisch klingt, daß Claudia in Gegenwart anderer oftmals zu vorlaut ist und einfach zu viel redet. In Gesprächen will sie stets das Sagen behalten, sie läßt niemanden zu Wort kommen, sie redet einfach weiter, bis sie sich durchgesetzt hat und ihr Gegenüber verstummt. Wenn sie lacht, dann kreischt sie manchmal richtig, und das wirkt ausgesprochen unangenehm.

Mir fällt plötzlich auf, daß Claudia die Liebe wahrscheinlich nicht annähernd so hingebungsvoll erlebt wie andere, die ich gekannt habe und die ich zwischenzeitlich wohl einfach vergessen haben muß... Ja, es könnte in Claudias Fall sein, wie man es schon öfter mal gelesen hat, daß sie einiges von der Lust, die bei der Liebe entsteht, im Grunde nur spielt, daß sie also mir und auch sich selbst mehr vormacht als da bei ihr vielleicht wirklich vorhanden ist...

Übrigens, und jetzt komme ich schon wieder wie von selbst auf das Thema Lebensalter zu sprechen - könnte es nicht sogar sein, daß ich mich von Claudias Jugendlichkeit habe blenden lassen, und wäre es nicht möglich, daß bei der Liebesfähigkeit vielleicht doch auf die eine oder andere Weise die Erfahrung, wie sie nur die Zeit mit sich bringen kann, also wenn man so will, regelrecht die *Alterserfahrung* eine größere Rolle spielt als man zunächst immer für wahr zu halten bereit ist?!

Ich habe mal gelesen, daß manche der Auffassung sind, Liebesbeziehungen entstünden allein in den Köpfen der Liebenden. (Wenn hier von Köpfen die Rede ist, so muß man das nicht so eng sehen, es können natürlich auch noch einige andere Organe daran beteiligt sein.) Die Liebesbeziehungen werden jedenfalls im Kopf geschöpft, erschaffen, hergestellt - sie werden regelrecht *konstruiert*! Man hat für die Menschen, deren Vorstellungskraft die Wirklichkeit übertrifft, einen eigenen Namen. Mann nennt die Personen, bei denen sich dies abspielt, *Konstruktivisten*, da es sich bei alledem um reine Konstruktionen handelt! Zum Beispiel kann man von jemandem schlecht behandelt werden, ohne zu merken, daß es sich in Wirklichkeit um Schlechtigkeit und Ungerechtigkeit handelt. Man macht sich stattdessen einfach eine Konstruktion zurecht, wonach die andere Person einen zum Beispiel besonders »fordert«, zum Beispiel weil sie einen besonders »ernstnimmt«. Nur weil man es nicht wahrhaben will, daß man von ihr nur verachtet und deshalb schlecht behandelt wird. Oder man findet jemanden attraktiv und wunderschön, obgleich es sich bei dieser Person vielleicht um einen ziemlich ungeschlachten Trampel handelt. Alles reine Konstruktionen der Wirklichkeit! Nur so, oder jedenfalls so ähnlich, kann ich mir meine frühere Begeisterung für Claudia erklären - durch *Konstruktivismus*! Und nur so ist wohl auch zu erklären, daß solche Konstruktionen, wenn sie zusammenbrechen, plötzlich wieder verschwunden sind!

Jedenfalls ist es geschehen. Ich glaube, eine derartige Wende, eine solche Umschaltung, einen Umschwung wie diesen kann man, wenn er erst einmal vollzogen ist, gar nicht wieder rückgängig machen. Was müßte nicht alles passieren, um die peinlich genaue Wahrnehmung alles dessen wieder ungeschehen zu machen, was an Claudia falsch oder störend oder unangemessen, häßlich oder geradezu gewöhnlich und geschmacklos ist!

Kein Wort von Maria in diesem Kapitel - aber das wird bald wieder anders!

»Der größte Pflegedienst der Welt ist nun einmal die Familie«

(Prof. U. von der Fachhochschule K.)

IX

Klick!

Genau so heuchlerisch wie Herr Lange sich soeben freundlich nach meinem Gesundheitszustand erkundigt hat, genauso heuchlerisch wirkt Maria, wenn sie jetzt beflissen, laut und deutlich antwortet, aber selbstverständlich, es gehe mir gut, Herr Lange, gar kein Problem, ich sei völlig okay, kein bißchen verwirrt, wirrrkklich, Herr Lange, garrr kein Prrroblem! Und ich selbst, ich glaube, ich wäre nicht ganz offen, wenn ich nicht zugeben würde, längst zu wissen, was Herrn Langes Spezialgebiet in seinem Beruf als Kriminalbeamter, als Schnüffler ist: Mord.

Arbeitet mein Gehirn so schnell? Vielleicht, weil ich immer noch dabei bin, mich in die Altersverwirrtheit hineinzusteigern? Oder vergeht die Zeit so langsam? Offensichtlich, denn sonst bliebe mir kaum Platz, mich zu erinnern. Verläuft die Gegenwart langsamer als die Erinnerung? Und wer von beiden ist lebendiger?

Inzwischen kommt es öfter mal vor, daß Claudia hinfällt. Plötzlich liegt sie da, sie hat einen kurzen Ausfall des Bewußtseins, einen Blackout. Es kommt jedesmal umso überraschender, als es sich immer dann ereignet, wenn es ihr eigentlich gerade besonders gut geht, zum Beispiel vormittags in ganz entspannter und gelöster Atmosphäre, auf unserer kleinen Terrasse an der Playa Blanca. Claudia berichtet, daß sie dann mit einem Mal einzelne rote Punkte, etwa vier bis fünf, in ihrem Blickfeld habe, und zwar auch bei geschlossenen Augen. Die Punkte würden in kurzer Zeit immer größer, und wenn die durch diese Punkte bedeckte Fläche ihres Sehfeldes voll sei, was sehr schnell gehen könne, dann würde sie ohnmächtig... Der ganze Vorgang läßt sich nicht aufhalten, aber er ist stets nur von kurzer Dauer. Er ist fast zu kurz, um beunruhigt zu sein, und er wäre für einen von seniler Langsamkeit geplagten Älteren fast zu schnell vorbei, um Schadenfreude zu empfinden.

Unser Arzt auf Teneriffa ist bewundernswürdig kaltschnäuzig: Anstatt Panik zu schüren oder sich in komplizierten Ausführungen zu ergehen, sagt er, die Hauptsache sei jetzt das rein praktische Problem, wie man lernen könne, sich nicht zu verletzen, wenn es zum Blackout und zum Sturz auf den Boden käme! Claudia solle sich, sobald sie solche roten Punkte in ihrem Blickfeld wahrnehme, so schnell wie möglich auf den Boden setzen! Wenn dann die Bewußtseinstrübung einträte, dann könne sie gar nicht mehr hinfallen, da sie sich ja schon auf dem Boden befände!

Für Außenstehende ist es beachtlich zu sehen, wie wenig Claudia sich anscheinend um ihre eigene Gesundheit und um wieviel mehr sie sich um *mich* und meine Probleme, die das Älterwerden offensichtlich mit sich bringt, sorgt. Sie selbst hat zwar diese Bewußtseinstrübungen, bei denen sie sich, typisch für dieses Krankheitsbild, vorkommt, als befände sie sich unter einer Käseglocke, unter der sie alles Übrige nur noch ganz entfernt wahrnimmt. Für mich ist *sie* der Krankheitsfall, nicht ich! Aber *sie* hat nur Blicke für *mich* und meine scheinbar fortschreitende Alzheimersche Geistesschwäche, meinen angeblichen geistigen Verfall. Sie ist so überzeugt davon, daß ich es bald selbst zu glauben beginne. Und alle anderen um uns herum sind ebenfalls davon überzeugt, eigentlich alle außer mir selbst.

Als wir einmal bei uns zuhause in der Stadt Bekannte eingeladen haben, so eine typische Mischung aus Lehrern, Geschäftsleuten und irgendsoeinem Parteifritzen aus dem Polizeipräsidium mit Gattin und einem Untergebenen, da bringt Claudia schon recht bald eine Broschüre des, ich glaube, Landeskuratoriums für Altershilfe auf den Tisch. Die Schrift trägt den Titel »Die Alzheimersche Krankheit - *unsere Verantwortung als Familie und Gesellschaft für den chronisch verwirrten älteren Menschen*«. Ich erinnere mich nicht mehr ganz genau, wie ich reagiert habe, aber vermutlich wie immer ganz gelassen, denn zu diesem Zeitpunkt ist bei mir innerlich schon die »Umschaltung« vollzogen, und die versammelte Gemeinde von geladenen Gästen ist mir ohnehin ziemlich gleichgültig!

Claudia heimst von den Gästen ein paar lobende Bemerkungen ein:

»Also ich muß schon sagen, ich finde es ganz, ganz bemerkenswert, wie Sie neben ihrer Berufstätigkeit immer noch Zeit finden, sich so liebevoll um das Wohlergehen Ihres Gatten zu kümmern!«, und so weiter.

Aber dies scheint ihr nicht zu reichen. Sie »setzt noch einen drauf«, indem sie abermals in den Zeitungskorb greift und aus einer Wochenzeitung vorliest, was eine Kapazität auf dem Gebiet der Alzheimerschen Krankheit (an den Namen des Professors kann ich mich nicht mehr erinnern), soeben herausgefunden hat:

»*Das Erleiden der Alzheimerschen Krankheit kann nur dann erduldet und bewältigt werden, wenn das soziale Umfeld, insbesondere die Familie, nicht zerbricht!*«

Vor allem eine Dame aus Claudias Bekanntenkreis, die zusammen mit ihrem Mann eine mittelständische Firma betreibt (wer dort das Sagen hat, erkennt man daran, wer dem anderen von Zeit zu Zeit zärtlich über die Glatze streicht!), äußert sich ausgesprochen lobend über Ehepaare, die trotz härtester beruflicher Beanspruchung und extremer Anspannung durch räumliches Getrenntsein und so weiter, und so fort, die Intaktheit der Familie aufrechterhielten - jene Intaktheit, von der nach ihrer Überzeugung alles Wohl und Wehe, also auch das gesundheitliche, abhinge...

Das Gesprächsthema, beflügelt durch irgendeine jüngst gesendete Podiumsdiskussionen im Fernsehen, wie sie alle Welt verfolgt, kommt dann schnell auf die Möglichkeiten, *wie sich Partner bei gesundheitlichen Schwierigkeiten, die mit dem nahenden Lebensende zusammenhängen, gegenseitig ergänzen und unterstützen können.* Ich kann mich zwar nicht mehr genau erinnern, was im einzelnen geredet wird, da ich gerade dabei bin, meine Briefmarkensammlung in Ordnung zu bringen, aber es kann sein, daß einige der Eingeladenen, wie das in unserem Stadtviertel nicht ungewöhnlich ist, auch noch Mitglieder einer kirchlichen Vereinigung sind, und nur so kann ich mir erklären, daß sie sich an diesem Thema längere Zeit regelrecht festbeißen.

Jedenfalls macht es in diesem Moment bei mir innerlich »Klick!«, und zwar so heftig, daß ich schon befürchte, man könne es von außen hören - ich glaube, der Psychologikus von irgendsoeiner von Claudias Weiterbildungsveranstaltungen verwendet dafür den Ausdruck »Aha-Erlebnis«, und seitdem fällt dieser Begriff bei uns zuhause bei jeder möglichen und unmöglichen Gelegenheit... *Ich* jedenfalls habe jetzt das berühmte Aha-Erlebnis und weiß in diesem Moment, wie *ich* Claudia bei *ihren* gesundheitlichen Schwierigkeiten helfen kann.

Ich höre gar nicht mehr richtig zu. Sicherlich nicke ich aber immer an den richtigen Stellen mit dem Kopf, denn alle sind sehr freundlich, geradezu fürsorglich zu mir. Ich habe mir die Broschüre dieses Alterskuratoriums noch einmal vorgenommen und darin zum Beispiel noch gelesen, daß auf einer Fachtagung über die Alzheimersche Krankheit für Angehörige, MitarbeiterInnen und PolitikerInnen, Einzelheiten weiß ich nicht mehr, zur musikalischen Einstimmung ein gemischter Chor, ich weiß aber nicht mehr genau welcher, gesungen hat, oder war es ein Streichquartett? Jedenfalls Musik, das scheint mir sicher zu sein, von Händel und Haydn, oder Mozart? Ich glaube, es ist mir auch ganz gleichgültig, vielmehr bin ich glücklich, daß ich *die Lösung* gefunden habe. Die Lösung für die nächste Zeit. Denn die guten Leute haben ja recht: Was ist schon das Zusammenleben zweier grundverschiedener Menschen anderes als eine Art von »*ambulanter Versorgung des Alleinstehenden in seinem Zuhause*«, wie es da heißt? Schon ganz gleichgültig lese ich über die Begriffe »verwirrt«, »Verwirrter« und »verwirrter älterer Ehepartner« hinweg. »*Die Familie - der größte Pflegedienst der Welt*« heißt es da. Warum nicht? Es lebe die »*Analyse der Lebensformen für chronisch verwirrte ältere Menschen*«! Sehr interessieren mich, fällt mir jetzt wieder ein, auch Abhandlungen zu den Themen »*Sportliche Leistungen psychisch Verwirrter*« und »*Ausdauertraining, Durchblutungsförderung und Alzheimer*« eines Forschers aus Skandinavien. Dabei fällt mir ein: Ich weiß gar nicht mehr, ob auch Alkohol im Spiel gewesen ist, ich erinnere mich nur noch daran, daß ich ungemein erleichtert bin, daß aller Druck von mir gewichen ist: Statt Leidensdruck und Pflegenot, statt Problemen der Grundkrankenpflege, der Behandlungspflege, der therapeutischen Pflege: *die individuelle Lösung*. Alles in Ordnung, keine Pflegeneurose, keine Profi-

Pflege-Probleme. Man sieht, ich habe mir alles genau gemerkt, was will man von einem guten Gehirn mehr! Keine Hypochondrie, wie vielleicht schon gelegentlich, allmählich bei mir..., oder? Jetzt haben diese Medizinsozialen ihr Ziel erreicht, ein sinnvolles, lebenswertes Leben, jetzt hat doch für mich das Leben wieder einen Sinn! Ich weiß, Maria, ich weiß... Aber manchmal muß man wirklich die Freiheit haben, einmal einen wirklich wahnsinnig langen Absssazzz zu machen! Die Freiheit! Nichts Geringeres! Kannst Du das verstehen, in Deinem wunderschönen schwarzgrauen Wuschelkopf?

Claudia hat mich am anderen Morgen übrigens einigermaßen beleidigt darauf aufmerksam gemacht, daß ich am Ende des Abends für ihren Geschmack ein wenig zu lustig gewesen sei. Als Kranker, um dessen Wohl doch alle bemüht seien (meine Kleidung sei übrigens auch nicht in Ordnung gewesen!), stehe es einem nicht gut an, in Gegenwart von Gästen allzu fidel zu wirken, vor allem wenn man gerade ernsthaft über ein angemessenes Betreuungs- und Pflegemodell diskutiere - also solle ich das doch zumindest in der Öffentlichkeit unterlassen! Ob ich übrigens wüßte, wer von den Gästen dann noch ganz bis zum Schluß geblieben sei? Ich kann mich daran aber leider beim besten Willen nicht erinnern, jedenfalls lange nicht.

Zurück auf Teneriffa, nach dem Ende der nächsten, ganz schön nervenaufreibenden deutschen Arbeitswoche, endlich wieder in unserer Vivienda am Camino del Puerto, bin *ich* es, der damit beginnt, die wohlgemeinten Vorschläge dieses Landeskuratoriums bezüglich eines vorwiegend *partnerorientierten, integrativen familientherapeutischen Interaktionsprogramms* (oder so ähnlich) in die Tat umzusetzen. Scheinheilig - und zu Claudias nicht geringer Überraschung - schlage ich ihr vor:

»Willst du mich nicht mal probeweise auf einem ganz kleinen Dauerlauf am Strand zu begleiten?!«

Zu einem gemütlichen Lauf am Morgen, werbe ich, so wie wir es bei den vielen grau- und weißhaarigen Joggern von unserer Terrasse aus immer beobachten können! Zu so einer Art kleinem, leichten Läufchen ohne großen Aufwand, nur im Sand direkt vor den Wellen, dort, wo der Untergrund gerade eben hart genug ist und es sich schon wieder gut und ohne große Mühe laufen läßt...

Man muß dazu wissen, daß Claudia im Prinzip sehr naturverbunden zu sein glaubt und meine Art, Sport zu treiben, unter anderem auch deshalb immer kritisiert hat, weil sie sich überhaupt nicht vorstellen konnte, wie jemand es schön finden kann, auf Asphalt, womöglich noch am Rande einer Schnellstraße und in Gegenwart vorbeirasender Autos und in deren Abgasen zu laufen. (Das erhabene Gefühl zu kennen, als Läufer dabei gleichsam frei über die Landschaft zu fliegen, Unebenheiten und ganze Täler als einzelner Mensch, ohne Maschine wie im Fluge zu überbrücken und dabei nicht auf seine Füße und die Bodenbeschaffenheit achten zu müssen - all das wirklich nachzuempfinden kann man ja nicht von jedem verlangen!)

Daher muß Claudia mein Vorschlag, mich auf einem kleinen Lauf am Strand, sagen wir, die Playa Blanca einmal entlang und wieder zurück zu begleiten, fast wie Musik in den Ohren klingen. Ein Läufchen so ganz gegen meine Gewohnheiten, gegen meine sozusagen abartigen Gewohnheiten. Stattdessen nur ein kleiner, leichter Lauf mit ihr, Claudia, und zwar in der Natur, dort wo es natürlicher nicht sein kann, am Strand vor den Wellen - wirklich zu schön!

Besorgt ist Claudia nur wegen einer ganz wichtigen Sache:

»Meinst du denn, daß ich dafür überhaupt die richtigen Sportschuhe habe?«

Mit Bedacht tue ich nichts, was Claudia beim ersten Joggingerlebnis überfordern könnte. Ich achte peinlich genau darauf, daß sie stets einen halben Schritt vor mir läuft, damit ich nicht aus Versehen das Tempo zu sehr steigere.

»Bemühe dich einfach, regelmäßig und gut auszuatmen, und achte gar nicht auf das Einatmen, weil dein Körper das ganz von allein erledigt, du wirst schon sehen!«

Außerdem schlage ich ihr vor, in bestimmten Abständen einfach mal wieder anzuhalten und »zu Fuß« zu gehen, damit sie nicht gleich außer Atem kommt und ihr der Laufsport womöglich schnell wieder verleidet werden könnte...

Ich glaube, Claudia gefällt es. Für den Anfang kann ich zufrieden sein. Sie strengt sich an, sie strahlt, ich habe den Eindruck, daß sie zuhört und sich alles merkt, es scheint sie gepackt zu haben... Ein paarmal fragt sie mich:

»Guck doch mal auf die Uhr, wie schnell wir sind!« Sie brennt darauf zu erfahren, ob dies denn wohl ungefähr das Tempo sei, das ich liefe, wenn ich allein unterwegs sei. Alles, was ich ihr antworte, sage ich so, daß es ihr gefällt.

Claudia ist mit ihrer Leistung zufrieden. Und ich habe den Eindruck, daß mir bisher noch gar nicht aufgefallen ist, wie ehrgeizig sie sein kann. Oder ich habe es inzwischen wieder vergessen. Einer ihrer Kollegen auf dem Präsidium pflegt ja nur von »der ehrgeizigen Claudia« zu sprechen. Bestätigt wird mein Eindruck spätestens am nächsten Tag, als Claudia vom Einkaufen aus Santa Cruz zurückkommt und mir triumphierend ein Paar ekelhaft grell gefärbte, vollständig professionell wirkende Laufschuhe präsentiert. Ein paar Einreibemittel für die Muskulatur und verschiedene Proben von wohlschmeckenden, wasserlöslichen mineral- und eiweißhaltigen Kräftigungspülverchen hat ihr der Typ aus dem Sportgeschäft auch gleich dazugepackt!

> Das Amphetamin steigert die Leistung.
> Es unterliegt dem Betäubungsmittelgesetz. (Brockhaus)

X

Ein häusliches Pflegemodell

Claudia hat jetzt wieder öfter Schwächezustände, manchmal gepaart mit Atemnot, die aber schnell wieder vorbeigeht. Mehrmals am Tag muß sie sich hinsetzen, manchmal sich niederlegen. Ihr Gesicht wirkt dann bleich und ein wenig zu voll, fast ein bißchen aufgedunsen. Ihre Augen sind stark umschattet, von tiefliegenden schwarzen Ringen umgeben. Umso bemerkenswerter, daß sich Claudia dadurch gar nicht davon abhalten läßt, ihre Laufschuhe zu schnüren und den Leistungsplan, den ich für sie aufgestellt habe, zu erfüllen. Ich lobe sie nach Kräften, zum Beispiel indem ich ihr bestätige, wie sehr das Sporttreiben wieder Farbe in ihr zeitweise so bleiches Gesicht zu bringen vermag... Ich sage:

»Stell dir vor, ich habe in der..., also in dieser maßgeblichen Laufzeitschrift gelesen, daß regelmäßiges Sporttreiben hilft, überflüssiges Wasser aus dem Fettgewebe unter der Haut abzutransportieren. Und wußtest du, daß dieser..., na, dieser..., also dieser Chefredakteur, selber Marathonläufer, der sich besonders für Frauen im Sport interessiert, herausgefunden hat, daß Läuferinnen von unabhängigen Beurteilern in allen möglichen Punkten als wesentlich attraktiver eingeschätzt worden sind als Nichtläuferinnen?«

Ich habe den Eindruck, daß solche Informationen für Claudia zunehmend wichtiger werden!

Unser Laufplan sieht vor, daß Claudia entweder *jeden* Tag einen kleineren Lauf absolviert, der sich dann später bis zu einer vollen Stunde steigern soll, oder aber daß sie jeden zweiten Tag einen etwas *längeren* Lauf unternimmt, von dem sie sich dann jeweils etwas länger erholen kann. Um Claudias Leistung zu steigern, soll sie, ebenso wie ich es tue, zur Stärkung regelmäßig einen Löffel Protein-Mineral-Konzentrat zu sich nehmen.

Schnell zeigt sich, daß Claudia, anstatt wegen ihres gesundheitlichen Zustandes im wahrsten Sinne des Wortes etwas kürzer zu treten, eher auf eine systematische Übererfüllung dieses Plansolls aus ist... Sie besteht darauf, jeden Tag einen Lauf zu machen, oft noch vor dem Frühstück. Aber dann sehe ich sie auch vor dem Sport schon gegen jede Vernunft kräftig frühstücken. Ich denke nicht daran, ihr diese ungesunde Essensaufnahme unmittelbar vor der körperlichen Höchstbelastung auszureden, weil es ja, vom rein Gesundheitlichen einmal abgesehen, als sehr wichtig gilt, daß man das tut, was einem wirklich Spaß macht... Nachmittags will sie dann nochmal laufen, und zwar, wenn möglich, mit *mir*!

Man kann wirklich sagen, daß der Laufsport Claudia gepackt hat. Ich unterstütze sie nach Kräften dabei! Den Protein-Mineralien-Fitness-Fraß, den ich mir regelmäßig mixe, lehnt sie übrigens ab. Aber ich kann beruhigt sein: keineswegs, weil sie gegen kräftigende Sportnahrung eingestellt ist! Vielmehr bevorzugt sie jetzt eine eigene Mixtur, von einer anderen, angeblich besseren, in jedem Falle aber teureren Firma, nicht mit Vanille-, sondern mit Schokogeschmack, und sie nimmt, soweit ich sehen kann, jeweils doppelt so viel wie auf der Packung empfohlen wird. Übrigens kann ich mich bald nicht mehr des Eindrucks erwehren, daß

Claudia auch noch irgendwelche leistungssteigernden Substanzen einnimmt! Aber mir ist nicht klar, worum es sich dabei handelt und woher sie solche Aufputschmittel haben soll. Was immer es sein mag - mir soll es recht sein!

Das einzige, was Claudia daran hindern kann, sich mehr und mehr sportlich zu verausgaben, ist, daß *ich* einmal wegen einer Zerrung oder Verstauchung nicht mitlaufen kann - dann wirkt sie regelrecht lustlos, läßt sich erst durch Vorhaltungen dazu bewegen, die Laufsachen anzuziehen, trottet einigermaßen lieblos allein von dannen und ist in erstaunlich kurzer Zeit wieder zurück. Ich bemühe mich dann immer verstärkt um meine Wiederherstellung, um Claudia zu neuen Höchstleistungen zu führen!

Bald nach der Diskussion über ein angemessenes *Pflegemodell für hilfsbedürftige Ehepartner* (ich habe doch schon darüber berichtet, oder?) schlägt Claudia vor, ein Hausmädchen einzustellen. Einstweilen nur für unsere Vivienda auf Teneriffa, und zunächst nur für halbtags. Darüber sind wir zuerst unterschiedlicher Auffassung. Der Streitpunkt zwischen uns ist aber nicht, ob wir eine solche Haushaltshilfe einstellen sollten oder nicht, sondern vielmehr, *warum*, mit welcher Begründung, für *wen* wir dies tun sollen.

Während ich es für eine gute Idee halte, um Claudia wegen ihres angegriffenen Gesundheitszustandes von der anstrengenden Hausarbeit zu entlasten, damit sie wieder gesund und kräftig wird, weist Claudia dies empört von sich. Sie meint, wir brauchten eine Pflegerin, weil die Ausfälle, Pannen und Verwirrtheitszustände, die durch mein vorgerücktes Alter und meine Probleme mit dem Gedächtnis bedingt seien, mittlerweile überhandgenommen hätten! Ausserdem gebe es jetzt bei den Krankenversicherungen ein Programm oder ein Modell, in Haushalten mit einem verwirrten älteren Familienmitglied eine Pflegeperson mitzufinanzieren.

Die Verbissenheit, mit der Claudia mir und anderen gegenüber immer wieder darauf hinweist, wie pflegebedürftig *ich* sei, verstärkt bei mir den Eindruck, daß sie selbst wirklich daran glaubt! So als sei es eine fixe Idee, eine wichtige Aufgabe, ein Programm, das sie unbedingt verwirklichen müsse. Ein Leistungsziel, ähnlich wie im Sport, wo ich ja täglich miterleben kann, wie sie selbst ein Ziel, das man (genauer gesagt ich!) ihr vorgegeben hat, nun mit äußerster Konsequenz zu erfüllen bemüht ist! Warum nur? Warum glaubt sie so fest daran, daß meine angebliche Altersverwirrtheit immer stärker wird? Lächerlich! Sie müßte nur mal die, na, sagen wir, »Besprechungen« beobachten, die ich regelmäßig mit Katja habe, der ich schon seit mehreren Jahren bei ihrer Staatsexamensarbeit helfe...

Ich gebe zu, daß ich manchmal, gelegentlich, meine eigene Schrift nicht mehr gut lesen kann. Es stimmt auch, daß ich zweimal nachts nicht richtig nach Hause gefunden habe, so daß im einen Fall andere Leute mir behilflich gewesen sind, mich zurechtzufinden, im anderen Fall ein Streifenwagen, übrigens wirklich nette Leute! Aber in den beiden genannten Fällen hatte ich ganz klar einen über den Durst getrunken!

Nun, der Klügere gibt nach. Ich gebe nach, was die Einstellung einer ausgebildeten Pflegeperson anbetrifft, denn im Ergebnis läuft es ja auf das gleiche hinaus: Ob es nun in erster Linie für *sie* oder für *mich* gedacht ist - eine Pflegerin hat sicherlich auch ihre netten Seiten! Und so lasse ich Claudia ihren Willen, lasse ihr den Triumph, nach außen ihre Version der Angelegenheit zu verbreiten. In unserem Bekanntenkreis, bei den diversen Lehrern, Kaufleuten und Beamten, bei denen wir hin und wieder zu Gast sind oder die wir unsere Gäste nennen dürfen, wird also Claudias Begründung für unser »häusliches Pflegemodell« erzählt. Die guten Leute finden es einfach vorbildlich. Ganz typisch hierfür scheint mir der Ausspruch eines mit Claudia sehr gut befreundeten Sozialpädagogen, oder so ähnlich, zu sein:

»Also ich finde es wirklich echt beachtlich, wie zwei Partner ein so irrsinnig relevantes praktisches Problem so wahnsinnig gut zu lösen vermögen!«

Für meine damalige Klugheit bin ich, das weiß ich erst heute richtig zu würdigen, reich belohnt worden: durch die Einstellung Marias!

Ich kann mir kaum vorstellen, daß die Maria von damals und die Maria, die mir gerade einen neuen Tee gemacht hat, übrigens mit einem schönen großen Butterkeks dazu, ein und dieselbe Person sein sollen! Und doch ist es so. Lange schon ist Maria ein Teil meines Daseins. Allerdings nicht in der gleichen Weise wie man sagen kann, Marion, Kornelia oder Claudia seien ein Teil dieses meines Lebens gewesen. Maria ist nämlich etwas ganz anderes, sie ist etwas Besonderes. Sie ist, wie soll ich es anders ausdrücken, sie ist einfach - auf wunderbare Weise unauffällig! Sie ist stets da, aber sie ist nicht unübersehbar da. Sie sagt etwas, aber sie ist nicht vorlaut. Sie ist so, wie ich es mag. Sie ist bei mir, aber sie drängt sich nicht in den Vordergrund...

Muß man erst so alt werden wie ich, um dies alles zu erleben? Ich glaube, so eine Beziehung wie diejenige zwischen Maria und mir ist etwas ganz Seltenes, Kostbares! Manche Menschen mögen am Beginn ihres Lebens ein Kindermädchen gehabt haben, das sie auf unvergeßliche Weise geprägt hat. Das ihr Leben weiter prägt, obgleich diese Zeit seit langem vorbei ist, obgleich dieses Kindermädchen längst verheiratet oder eine alte Frau oder tot ist. (Kennt jemand Bunuels »Archibaldo de la Cruz«? Ein solches Kindermädchen wie das von Archibaldo hätte ich auch gerne gehabt!)

Bei mir hat es bis ins gehobene Lebensalter gedauert, daß ich Maria kennenlernte. Womit habe ich das wohl verdient?

Oder aber, anders gefragt: Habe ich das eigentlich nicht auch endlich verdient?!

Viele, die mich heute noch kennen, meinen, ich behandele Maria wie eine Leibeigene. Manche sagen auch einfach, sie sei meine Dienerin. Man kann sich vorstellen, *wie* diese Leute das sagen. Die einen voller mühsam unterdrückter moralischer Entrüstung, die anderen vielleicht voll heimlichen Neides... Ich dagegen finde nicht viel dabei. Warum soll ich nicht mit einer Dienerin zusammenleben? Mit einer, die klug ist und sanft, und, wenn es sein muß, auch mal energisch? Eine mit weißer Haut, dunklen, ziemlich kräftigen, krausen Haaren und einem dicken Pferdeschwanz? Eine, die es selbst ebenfalls gerne tut und der es gefällt?

Tatsächlich haben einige meiner Bekannten früher schon mal ab und zu behauptet, ich eignete mich dazu, Dienerschaft zu haben. Das wäre wirklich ideal: Eine richtige Dienerin! Aber ich glaube, man muß vorsichtig sein. Mir ist klar, daß man bei uns heute sozusagen allein schon für einen solchen Gedanken belangt werden kann! Ich muß mich also einerseits vorsehen, und andererseits will ich ganz offen sein. Jedenfalls finde ich, mein Wunsch nach einer Dienerin gehört ganz in den Bereich des Privaten - in einen Bereich, in dem unsere KommissarInnen, AufpasserInnen und BlockwartInnen nichts zu suchen haben...

Eine Zeitlang bin ich so naiv zu glauben, Claudia freue sich wirklich darüber, mit mir zusammen Sport zu treiben, zu traben, zu laufen, rennend die Gegend zu durchqueren, und deshalb sei sie meinen Vorschlägen gefolgt. Fast hätte ich schon begonnen, ein ganz schlechtes Gewissen zu bekommen... Aber es ist wie immer bei mir: Ich bin viel zu gutgläubig, zu egozentrisch, das Laufen ist mir selbst zu wichtig, um zu erkennen, was es wirklich ist, das Claudia antreibt: der böse, unbändige Wille, mich zu besiegen, das zähe Bestreben, mich kleinzukriegen, mich zu übertreffen, und zwar auf meinem ureigenen Gebiet! Mir nun auch noch dort, wo ich mich von allem anderen zurückziehen und wohlfühlen kann, Unvollkommenheit, Unfähigkeit, Altersabbau, Altersschwäche, Fehlerhaftigkeit, Mangelhaftigkeit nachzuweisen!

Nach einiger Zeit hat Claudia tatsächlich die Voraussetzungen dafür gewonnen, es mit mir aufzunehmen. Sie hat abgenommen, wirkt schlanker, in ihren enganliegenden Sporttrikots sieht sie sehr vorteilhaft aus. Die sie so sehen, applaudierten ihr, sie hat Erfolg, sie läuft jetzt ein ungefähr ebenso schnelles Tempo wie ich, nicht mehr nur am Strand oder auf Feld- und Waldwegen, sie trainiert jetzt auch auf asphaltierten Wegen, auf Straßen, ja sogar auf den Seitenstreifen der großen Landstraßen! Sie läßt sich von Maria jeden Tag ihre Super-Sport-Mischung anrühren, und zwar inklusive eines leistungssteigernden Mittels, das ihr ein befreundeter Arzt verschreibt, von dem die Rede geht, er versorge auch die Läuferinnen eines bekannten Leichtathletikvereins mit Amphetaminen. Ich kann ihn übrigens nicht besonders gut leiden - er leiht sich Maria öfter aus, um seine alte Mutter zu pflegen, wenn er mal auf Reisen ist. Zum Glück dauert dieses Pflegeverhältnis nur kurze Zeit, dann hat es sich auf natürliche Weise erübrigt. Aber nun schickt Claudia Maria öfter dorthin, um für sie diese leistungssteigernden »Medikamente« zu holen... Geflissentlich schaue ich darüber hinweg.

Allerdings gibt es in Claudias Training immer wieder größere Unterbrechungen, Zeiten, in denen sie krankheitshalber pausieren muß, in denen sie diesem teuflischen Virus ihren Tribut zahlen muß, Zeiten, in denen sie plötzlich nicht mehr jung und blühend, sondern bleich und aufgedunsen wirkt.

Ich erinnere mich nicht an jede Einzelheit aus dieser Zeit, in der es Claudia gelingt, mich mehr und mehr in die senile und verwirrte Ecke zu drängen und in der ich tatsächlich immer seniler gewirkt haben muß. Natürlich kann ich nicht ausschließen, daß ich damals für meine Umgebung tatsächlich senil und verwirrt gewesen bin, besonders, wenn diese Umgebung mich bereits mit der entsprechenden Voreinstellung betrachtet hat... zum Beispiel daß ich wieder einmal Fristen versäumt, wichtige Unterschriften an der falschen Stelle geleistet habe oder daß mir die Geheimzahl meiner Euroscheckkarte entfallen ist... Sicherlich muß ich im Vergleich zu Claudia, die ja meine Tochter sein könnte, oft ungünstig aussehen. Ich erinnere mich nicht im einzelnen daran. Aber an eines kann ich mich ganz genau erinnern: Ich habe die Herausforderung angenommen.

Claudia hat immer für alles eine Broschüre zur Hand. Sie bewältigt jedes Problem, das sich im alltäglichen Leben ergibt, durch den Ankauf irgendeines Sachbuchs im Buchhandel oder dadurch, daß sie sich von irgendeiner Organisation oder staatlichen Stelle eine Broschüre zuschicken läßt. Wenn sie dieses Buch oder diese Schrift dann in Händen hat, glaubt sie mehr oder weniger blind an alles, was darin gedruckt steht: Ansichten und Deutungen sogenannter Fachleute, konkrete Verbesserungsvorschläge gestandener Praktiker, alltägliche Verhaltensregeln und ähnliches.

Also hat Claudia auch eine Broschüre zum Thema »Haushaltshilfe« zur Hand. Es ist so eine Schrift, die von der Problemsituation ausgeht, daß sich in der Familie ein mehr oder weniger altersverwirrter Mensch befinde, so daß eine gleichsam ambulante, *»extern unterstützende Versorgungsstrategie zur Gewährleistung der alltäglichen Verrichtungen«* angezeigt sei. Die Broschüre weist darauf hin, daß man »bei mangelhafter Selbstversorgung und bei einer massiven

Abnahme alltagspraktischer Fähigkeiten, die benötigt werden, um einen Haushalt führen zu können«, für die häusliche Pflege ein wirksames *Betreuungskonzept* benötige - sie liest sich also schon fast so brauchbar wie ein akademischer Text. Wenn ich mal Langeweile habe oder wenn Claudia schon schläft, blättere ich ein wenig darin herum, so als suche ich irgendetwas Bestimmtes. Eines Abends finde ich eine Stelle über »Hilfesuchverhalten«. Gerade wenn der verwirrte ältere Mensch selbst *kein* Hilfesuchverhalten zeige, so sei das ein wichtiges Symptom, ein wichtiger Hinweis auf die Notwendigkeit einer Betreuungsstrategie...

Beim Lesen dieser Broschüre werde ich müde, kein Wunder bei solchen Texten... Ich träume von Maria, von ihrer nicht ganz vollständig reinen, weißen Haut, von ihrem kräftigen schwarzen Haar... Vielleicht hat Claudia demnach Maria eingestellt, um mich zu demütigen? Vielleicht hat sie sie den kostspieligen Kursus bei der Fachgruppe Pflegepersonal im Europäischen Zentralverband Häusliche Pflege absolvieren lassen, um zu demonstrieren, wie unfähig ich sei? Um zu zeigen, daß ich eine Pflegerin benötige, obgleich oder gerade weil ich es gar nicht nötig habe? Wer sagt das? Ich kann mich nicht erinnern. Vielleicht hat Maria einiges an meinem Verhalten als Hilfesuchverhalten gedeutet und mir Hilfe zuteil werden lassen? Ich bin mir nicht sicher. Vielleicht hat Maria trotz ihres ein wenig unebenmäßigen Gesichts einen unsagbar schönen Mund mit kräftigen Lippen? Ich fürchte, ich weiß es nicht genau. Jedenfalls bin ich dabei. Ich mache mit. Ich bejahe das häusliche Pflegekonzept, ich bin ein überzeugter, ja fast schon fanatischer Anhänger des häuslichen Pflegemodells - heute noch mehr als früher!

»Unsere Ehe beruhte auf einer so festen Grundlage, daß nur der Tod sie hätte mutwillig trennen können.«

XI

Sport ist Mord

Es gibt zu jeder Droge immer noch eine stärkere Droge, auf jedem Gebiet! Also auch dort, wo Claudia mich endgültig übertrumpfen wollte. Mir sollte es recht sein. Ich hatte mir schon immer mal gewünscht, Marathon zu laufen!

Die berühmten 42,195 Kilometer Laufstrecke üben auf Laufende eine ganz eigenartige Faszination aus. Sie denken streckenweise an nichts anderes mehr als an Marathon, reden ständig darüber, saugen alle Nachrichten, die sich auf Marathon beziehen, in sich hinein - die magische 42,195 füllt das gesamte Bewußtsein aus! Manche argwöhnen, es sei wie eine Sucht. Ist nicht die Tatsache, daß ich über Marathon alles weiß, ein Beleg für die Gesundheit meines Gehirns?

Als im Jahre 490 vor Christi Geburt die Athener unter Miltiades bei dem Dörfchen Marathon an der Ostküste der Halbinsel Attika die Perser in die Flucht geschlagen und ins Meer und auf die Schiffe zurückgetrieben hatten, machte sich ein Bote mit Namen Philippides auf den Weg nach Athen, um als erster die Botschaft vom Sieg zu überbringen, wegen der Hitze und der Strapaze, vielleicht auch wegen der Aufregung leider mit tödlichem Ausgang. An diesen Lauf von Marathon nach Athen erinnert heute noch der olympische

Marathonlauf. Eigentlich beträgt die Entfernung zwischen Marathon und Athen nicht mehr als 38 allerdings beschwerliche Kilometer. Die heute gültigen 42195 Meter verdanken wir der Laune eines Mitgliedes des britischen Königshauses, das den Lauf bei der Londoner Olympiade im Jahre 1908 noch über einen kleinen Umweg am königlichen Palast vorbeigeführt wissen wollte.

Marathon ist eine klare Überforderung, eine Überlastung des Körpers und oft auch des Nervenkostüms. Kein Kenner wird behaupten, Marathon sei gesund! Vielmehr sind es das Training und die zum erfolgreichen Gelingen hinführende gesamte Einstellung und Lebensweise, die man als gesund und günstig bezeichnen kann. Hier scheint also mal wieder »der Weg das Ziel« zu sein. Aber ich merke, wie ich wieder über Dinge zu schwatzen beginne, die kaum jemanden interessieren...

Kurz nachdem es an der Tür geklingelt hat, läuft der folgende Gedächtnisfilm bei mir, so wie man es manchmal von Sterbenden behauptet, in wenigen Sekunden ab, noch bevor ich das höfliche Klopfen an der Tür mit meinem großzügigen »Herein!« beantwortet habe:

»Claudia, woher willst du wissen, daß geistige Verwirrtheit ihre Ursache in einem kranken Gehirn hat? Erkläre es mir, ich bin gerade geistig fit, gut gelaunt und für drei Minuten klar im Kopf!« (Kleiner Scherz, kommt bei mir öfter vor.)

Claudia liegt, mit einer Wolldecke zugedeckt, auf dem Bett des »Olympia Hotel Marathon Plaza« an der Ostküste Attikas, vierzig Kilometer vor Athen, und Maria, die uns stets begleitet, sitzt auf einem Stuhl am Fenster und schaut besorgt zum Krankenbett hinüber. Claudia hat nämlich wieder ihre Schwächezustände, aber sie will unbedingt über Alzheimer und mich sprechen! Scherzen hilft da gar nicht, es macht alles nur noch ernster. Schließlich handelt es sich bei der Alzheimerschen Krankheit um eine böse Spielart von Altersschwachsinn. Und jetzt zitiert sie schon wieder aus so einem flexiblen medizinischen Taschenbuch, das sie aus ihrer Handtasche gezogen hat:

»*Wir haben somit gesehen, daß gewichtige Hinweise aus unterschiedlichen Quellen ein angemessen folgerichtiges Modell schaffen...*«

»Na, und..?«

»..*welches die Grundlage bilden kann für ein adäquates Verständnis der Ursachen und der Entwicklung der Alzheimerschen Krankheit, der Hauptursache der senilen Demenz: Kritische Substanzen sind in der Lage, neurofibrilläre Verklebungen im Gehirn zu bewirken. Sie beeinträchtigen die Zellfunktion, indem sie die Zellteilung oder die Proteinsynthese blockieren. So kommt es zu einer langsamen, progredienten cerebralen Verschlechterung in Verbindung mit der Entwicklung einer neurofibrillären Verklumpung...*«

Ich sehe, wie Maria sehr besorgt aussieht, aber wohl kaum wegen meiner Neurofibrillen und angeblichen Zellverklumpungen - im Gegenteil: Morgen in aller Frühe geht's zum Start nach Marathon, unweit von hier, und ich werde am Ziel meiner Träume sein (zunächst allerdings erst einmal am Start!) Auch dürfte es Maria leid tun, daß Claudia, die sich seit Monaten verbissen auf diesen Lauf vorbereitet hatte, nun zuhause im Hotel bleiben muß. Nein, Maria mag keinen Streit. Maria hat ein blaues Kleid an, mit einem weißen Saum. Ihre kräftigen dunklen Haare werden von einem weißen Band zusammengehalten. Ihre Haare sind wirklich ungewöhnlich schön dick: Es hätte gar keinen Zweck, spielerisch einen Knoten hineinmachen zu wollen - er würde sich sofort von selbst wieder öffnen!

Am Abend vor dem Einschlafen sinniert Claudia, nun schon mit sehr schwerer Zunge, darüber, wie man am besten verhindern könne, daß ich mich bei einer plötzlich auftretenden Verwirrung während des Laufs nicht verlaufe - ich könne vielleicht in einem Anfall von Orientierungslosigkeit ein Richtungsschild falsch deuten. Wenn ich erst einmal von der Strecke abgekommen und in ein unwegsames und menschenleeres Gelände geraten sei, dann könne ich, geschwächt und durstig wie ich vom Rennen sei, schnell zugrunde gehen...

Ich versuche Claudia zu beruhigen, einmal indem ich ihr von Maria ein Glas Mineralwasser mit ein paar Tropfen eines ihrer homöopathischen Mittel bringen lasse. Außerdem, aber da schläft Claudia schon fast, sage ich ihr, daß ich beim Sport noch nie irgendwelche geistigen Ausfälle erlebt hätte.

Es ist noch reichlich Platz auf dem Film, der bei mir abläuft, denn Herr Lange hat gerade erst mein Arbeitszimmer betreten und ein ausgesprochen freundliches Gesicht aufgesetzt. So wie ein Jäger freundlich auf sein Jagdobjekt blickt. Ich habe noch gar nicht richtig aufgeschaut, habe erst langsam angefangen, ihn zu betrachten, was er so für ein Kerl ist, Größe, Haarfarbe, geschätztes Alter...

Den Lauf habe ich locker begonnen, und es ist reichlich Platz auf der Landstraße vor jenem Dörfchen Marathon, es sind nur etwas mehr als tausend Läufer, die sich auf den Weg nach Athen machen. Ein starker Wind treibt sie vor sich her, zehn Kilometer lang leicht bergab, in die Ebene von Attika hinein. Unwillkürlich winkle ich die Arme nach außen ab, als sei ich ein Vogel, der Luft unter die Flügel nehmen und abheben will. Nach einer Stunde, kurz vor Rafina, steht Maria an der Strecke! Ihr Gesicht glänzt, sie strahlt. Oder weint sie vielleicht? Mein Puls ist von dem schnellen Lauf, schon ehe es in die Berge geht, recht hoch. Was habe ich eigentlich gemacht? Jedenfalls irgendetwas Erlaubtes! Ich glaube, ich erinnere mich, ich habe Maria eine Kußhand zugeworfen.

Auf der Bergstrecke läßt der Wind nach, die Sonne ist längst kräftig, und der Durst wird zum Problem. Aber die Zeiten haben sich geändert - niemand muß mehr verdursten, es gibt gechlortes Wasser in Plastikflaschen, man kann es beim Laufen in kleinen Schlucken trinken, sich auf Kopf und Gesicht spritzen und am Körper herabrinnen lassen. Bergauflaufen ist beim Marathon ungewöhnlich, doch ich habe das Gefühl, daß es mir liegt - vielleicht weil ich mir vorstelle, ich sei fünfzehn Kilometer vor dem Wind gerannt und dieser treibe mich nun bergauf, obwohl es in Wirklichkeit gar nicht so ist - aber was ist schon die Wirklichkeit!

Inzwischen hat sich Herr Lange leicht verbeugt und Anstalten gemacht, »Schönen guten Tag, Herr Doktor!« zu sagen.

Nach ungefähr dreißig Kilometern wird die Besiedlung dichter, und es beginnen die Vororte von Athen. Man hat jetzt den Paß erreicht und läuft auf der halb abgesperrten Autostraße auf den Rand des großen, mit Smog gefüllten Kessels namens Athen zu. Die aufkommende Atemnot hält sich in Grenzen, aber ich atme längst nicht mehr frei bei dieser Hitze und dem Gestank. Mir wird bewußt, daß Claudia *nicht* in dieses Rennen gegangen ist, daß vielleicht alles umsonst gewesen ist... Meine Stimmung wird schlechter, und es tritt ein, was in den Marathon-Lehrbüchern steht: Von Minute zu Minute fällt es mir schwerer zu laufen. Zwischen 30 und 35 Kilometern tut sich tatsächlich eine Art Schallmauer auf. Wenn der Lauf doch nur ein paar Kilometer kürzer wäre! Zum Beispiel nur 38 statt 42! Eine Marathonläufergewerkschaft muß her: »Wir fordern den 38-km-Marathon - bei vollem Zeitausgleich!« Irgendwann befindet man sich nun vollends im Smog. Die Hitze ist unerträglich, und es ist ein Wunder, daß man sich immer noch vorwärts bewegt. Jetzt ist ganz gewiß nicht mehr der Weg das Ziel, sondern es ist nur noch das Ziel, das den Weg bestimmt! Wer diese letzten

Kilometer auf dieser Straße der Leiden inmitten von Gestank, Dreck, Schweiß und Lärm bewältigt hat, der erlebt am Ziel den enormen Kontrast: das Hochgefühl, endlich in das ganz aus weißem Marmor erbaute Halbrund des Panatinaikon, des klassischen Olympiastadions einzulaufen. Man läuft nur wenige Dutzend Meter im Stadion selbst, aber diese sind ein gewaltiges Erlebnis. Zeit und Mühe, die ich für die 42 Kilometer benötigt hatte, spielten in diesem Augenblick keine Rolle mehr. Für mich zählte nur die, die mich am Ziel erwartete und die mich erst vorsichtig, dann stürmisch an sich drückte, mir Schweiß und Dreckkrusten mit einem Tuch abwischte und mir zu trinken gab: Maria. Sie hatte ihre Pflegetätigkeit im Hotel vernachlässigt, war mit Motorrollern, die sie angehalten hatte, nach Athen hineingelangt, um mir, ohne es auszusprechen, zu zeigen (oder hat sie es mir vielleicht doch ins Ohr geflüstert?), daß sie mich nicht mehr verlassen wollte. Abbssazz ssu lange? Okay!

Herr Lange hat mein Lächeln mißverstanden. Es gilt nicht seiner freundlichen Begrüßung, sondern der kleinen Person mit der hellen Haut und den dunklen Haaren in meiner Erinnerung, in dem weißen Halbrund aus Marmor, den Stadionrängen unter den grünen Zypressen vor dem blauen attischen Himmel, und, um ganz offen zu sein, es gilt vor allem dem Bottich mit Wasser hinter der Ziellinie.

Claudias Zustand macht eine schnelle Abreise erforderlich. Der Marathonlauf ist für sie kein Thema mehr. (Das beunruhigt mich.) Sie hat den ganzen Marathontag geschlafen und sich am anderen Tag nicht einmal danach erkundigt, ob ich gut ins Ziel gekommen, wie meine Zeit gewesen, wie es mir ergangen sei. (Das finde ich ganz schön übel!) Ich glaube, sie weiß, daß sie verloren hat. Mir geht es besser denn je. Ich habe das Gefühl, daß sie meint, da könne etwas nicht stimmen! Eigentlich könnte sie mir jetzt leid tun.

In Heuchelei bin auch ich allmählich geübt. Ich gehe auf Claudia zu und verspreche ihr, beim nächsten Mal, im nächsten Jahr mit ihr zusammen einen neuen Anlauf zu machen, diesen klassischen Marathonlauf zu bestreiten!

»Willst du das wirklich für mich tun - versprochen?!«

Claudia ist aus ihrer Lethargie erwacht, ihr Blick wird lebendig, ihre Augen glänzen kämpferisch. Ich sage:

»Ich verspreche es dir - es würde mich glücklich machen! Und wenn du etwas dazu tun willst, dann werde bald wieder gesund und trainiere fleißig...!«

Das sei ein durchaus interessanter Punkt, meint Herr Lange wenig später, und dabei macht er sich Notizen, von denen ich nicht weiß, ob sie echt sind oder nur Kritzeleien, die das Gewicht seiner Anwesenheit unterstreichen sollen: von wem es eigentlich ausgegangen sei, daß Claudia eine solche Überlastung gewagt, monatelang trainiert und schließlich diese Tortur tatsächlich auf sich genommen habe!

»Hallo, Herr Doktor«, so könnte unsere Unterhaltung begonnen haben.

»Oh ja, hallo...«

»Wissen Sie, wer ich bin?«

»Sind Sie ein Besucher?«

»Ja, ich bin Kriminalrat Lange. Erinnern Sie sich an mich?«

»Nein, ich glaube nicht.«

»Erinnern Sie sich vielleicht daran, daß ein Besucher wie ich schon einmal hier gewesen ist?«

»Nicht daß ich direkt wüßte...«

»Also ich denke, ich kenne Sie sehr gut. Macht es Ihnen etwas aus, wenn ich Ihnen ein paar Fragen stelle?«

»Fragen Sie ruhig, bitte sehr!«

»Danke. Ach, wissen Sie zufällig, wie spät es ist? Ich habe meine Uhr vergessen.«

»Tut mir leid, ich habe keine Uhr hier. Fragen Sie doch einfach Maria, das ist meine Haushilfe, sie wird es Ihnen bestimmt gern sagen.«

»Danke, das ist eine gute Idee. Wissen Sie dann vielleicht, welchen Tag wir heute haben?«

»Ja, warten Sie mal, wir haben...« Ich mache eine längere Pause. Da fällt mein Blick auf die Zeitung, und ich blättere darin. Herrn Lange scheine ich vergessen zu haben. Nach kurzer Zeit räuspert sich Herr Lange mehrmals. Ich frage ihn freundlich:

»Sind Sie vielleicht erkältet? Maria könnte Ihnen einen Tee bringen.«

»Danke, sehr nett, vielleicht später. Das mit dem Tag ist nicht so wichtig. Könnten Sie mir vielleicht einen Gefallen tun und vielleicht einmal die Buchstaben von A bis H buchstabieren?«

»Gerne. A, B, C, D, E, F, G, H, I, J, K, L, M, N, O...«

»Danke, das genügt mir, wirklich.« Herr Lange steht vom Stuhl auf und geht ein wenig im Zimmer umher.

»Herr M., wie heißt eigentlich Ihre Frau?«

»Claudia!«

»Aha, und wie war noch gleich der Mädchenname Ihrer Frau?«

»Meine erste Frau war Marion.«

»Wissen Sie, welches Jahr wir heute haben?«

»1992.«

»Das ist richtig. Erinnern Sie sich an das Jahr 1982?«

»Das war ein anderes Jahr, nicht wahr?«

»Erinnern Sie sich daran, wer ich bin?«

»Ja, sicher. Sie sind... Sie selbst.«

»Das stimmt, ich bin Kriminalrat Lange. Können Sie mir sagen, wo Sie sich im Moment befinden?«

»Ja, natürlich. Wir befinden uns hier.«

»Da haben Sie recht. Und wo ist das genau?«
»Genau hier!«
»Stimmt. Und wo ist hier?«
»Also..., genau an dieser Stelle, hier!«

Mein innerer Blick wandert wieder über die attische Halbinsel. In welchem Jahr? Ist es der Wind, der die Läufer in der Ebene von Marathon vor sich hertreibt, der mein Erinnerungsvermögen beflügelt? Die quäkende Stimme der Reiseleiterin aus dem Buslautsprecher:

»The postal system in ancient Greece was not well organized, the roads were bad and some ran through enemy territory, for this reason the city had appointed messengers about war or peace, they covered long distances on difficult ground in unbelievably short time. According to Philostratus, these messengers were professional runners, one of them was the runner Miltiades who brought the news of the victory to Athens in 490 B.C...«

In meinem Gedächtnisfilm heißt es: *Ein Jahr später...* Claudia im Olympia-Hotel zu mir, mit ironischem Unterton:

»Na, bist du auch wirklich fit? Schließlich bist du schon wieder ein Jahr älter! Hast du auch jeden Tag dein Protein-Mineral-Konzentrat genommen?«

»Aber ja, du weißt doch, ich nehme es seit Jahren regelmäßig...«

»Und hast du auch rechtzeitig mit der vorgeschriebenen Kohlehydratdiät begonnen?«

»Aber ja doch. Nein, wirklich, es ist kaum zu glauben, Claudia - wenn ich bedenke, daß *ich* es gewesen bin, der dir das Laufen beigebracht hat..., der seine liebe Mühe gehabt hat, dich überhaupt zum Sporttreiben zu überreden...«

»Ich bitte dich, nun ruhe dich mal nicht auf diesen vermeintlichen Lorbeeren aus, sondern sieh zu, daß du dich morgen nicht zu sehr blamierst. Schließlich wird dies nicht nur mein erster Marathon, sondern auch ein Rennen, in dem ich dich schlagen werde - nicht wahr, Maria?!«

Maria blickt von einem zum anderen und macht dabei wieder ein ziemlich unglückliches Gesicht.

»Laß bitte Maria aus dem Spiel, Claudia! Weißt du noch, vor einem Jahr, wie sie dich hier im Hotel umsorgt und gepflegt hat? Und du warst so kaputt, daß du den ganzen Marathontag verschlafen hast...«

»Unsinn! Jeder hat mal einen schwachen Tag, das muß ich wohl nicht gerade dir sagen, oder? Ich schlage vor, wir sprechen uns dann am Ziel wieder, ja? Maria und ich werden da sein und dich pflegen, wenn du ankommst...«

Ich glaube, Herr Lange hat's endlich begriffen. Er bringt das Gespräch auf Sport. Manche begreifen es schneller, manche eben ein bißchen später.

»Sagen Sie, würden Sie sich als Sportler bezeichnen?«

»Ohne weiteres.«

»Würden Sie sich als Leistungssportler oder als Breitensportler bezeichnen?«

»Eine gute Frage, die gar nicht so leicht zu beantworten ist! Möchten Sie vielleicht eine Tasse Tee? Maria, bring dem Herrn bitte auch einen Tee!«

»Danke, sehr nett...«

»Wissen Sie, es ist nicht sehr einfach, zwischen Leistungs- und Breitensport zu trennen. Vom Trainingsumfang her, also sagen wir mal, zehn bis zwölf Stunden pro Woche, gehöre ich schon in die Leistungsklasse, aber von der Leistung selbst her sicherlich nicht. Ganz gewiß bin ich natürlich kein Spitzensportler, auch nicht in der Seniorenkategorie!«

Ich glaube, Herr Lange ist sehr beeindruckt. Und mir soll's recht sein - über Sport unterhalte ich mich am liebsten, ob es meinen Gesprächspartnern (oder Lesern) nun paßt oder nicht! Bei diesem Thema fühle ich mich am wohlsten!

»Und Ihre Frau, war sie nicht eine recht gute Sportlerin?«
»Ingrid hat nie mit Sport irgendetwas im Sinn gehabt!«
»Nein, ich meine Ihre zweite Frau, sie hat doch ebenfalls Leichtathletik sehr intensiv betrieben?«
»Ach, Claudia... Claudia war sehr krank. Alle haben ihr vom Sporttreiben abgeraten, ich auch. Aber ich glaube, sie wollte unbedingt gesund sein, und deshalb trieb sie Sport. Sie wurde immer versessener, sie wurde immer schneller, sie war so unvernünftig, sie hat es einfach übertrieben, sie hat mich schließlich sogar in den Schatten gestellt...«
»Schon gut, Herr Doktor, regen Sie sich bitte nicht auf, ich bitte Sie, es war ja nur eine Frage...«

Meistens sieht man schon bei der Aufstellung im Startraum, wieviel sich jemand vorgenommen hat. Mir ist es nie eingefallen, mich in die vorderen Reihen zu drängen, dorthin, wo die Hochmotivierten sich aufgestellt haben, die »Rennpferde« mit ihrer von übelriechendem Muskelöl glänzenden Haut, die sich über der hochtrainierten, nervös wirkenden Muskulatur spannt. Die noch bis zum Startschuß Dehn- und Lockerungsübungen machen und sich nach allen Seiten umschauen, ein wenig wie Hunde, die ihr Territorium absichern wollen. Wer sich beim Start weit vorn aufstellt, ohne tatsächlich zur Spitzenklasse zu zählen, läuft Gefahr, in den darauffolgenden Minuten nur noch überholt zu werden, ohne selbst jemanden überholen zu können. Diese Minuten erscheinen dann endlos, es sind Minuten, in denen einem der Schneid abgekauft, in denen man nach und nach demoralisiert wird. Da ist es oft besser, weiter hinten zu starten und sich über jeden Läufer zu freuen, den man überholen kann. So baut man seine Leistung nach und nach auf, und man gewinnt Selbstvertrauen.

Claudia, im Startraum voller Anspannung, nach unserer mehr als flüchtigen Verabschiedung, mischt sich sogleich unter die Spitzengruppe. Einer gut aussehenden Läuferin wie ihr macht man bereitwillig Platz. Einen Moment lang unterbricht mancher Athlet seine Konzentrationsübung, das Durchrechnen seiner Minutentabelle, das Memorieren des Laufplans, um einen bewundernden oder verwegenen Blick auf diese Läuferin in ihrem enganliegenden roten Laufdreß zu werfen - mögliche Partnerin, nicht Konkurrentin?

»Darf ich Sie jetzt noch einmal fragen, ob Sie mich kennen?«
»Aber gewiß, Sie sind's, ich kenne Sie!«
»Und woher kennen Sie mich?«
»Ich kenne Sie von Ihrem Besuch bei mir. Sie haben mich besucht, sind bei mir zu Besuch!«
»Richtig. Und darf ich fragen, was wir gerade tun?«
»Wir unterhalten uns über Sport, über das Laufen, über mein Lieblingsthema Marathon. Wissen Sie, ich weiß alles darüber. Fragen Sie, soviel Sie wollen! Noch etwas Tee?«

Alles wie im Vorjahr: der schnelle Start, nach wenigen Kilometern auf der rechten Seite der Grabhügel für die griechischen Gefallenen, die von Olivenbäumen gesäumte Landstraße mit dem charakteristischen Rückenwind.

Und dann die kleine Umwegstrecke nach links zur Bucht von Marathon hin, eine Wendeschleife kurz vor Nea Makri, auf der einem die Konkurrenten, die schneller sind als man selbst, von vorne wieder entgegenkommen. Auge in Auge mit Claudia, die sich mir gegenüber schon mindestens 500 Meter Vorsprung herausgearbeitet hat. Es ist nur die Wahrnehmung einer Zehntelsekunde, aber ich habe das Gefühl, daß Claudia irgendwie »abgehoben« hat, daß sie mit zu aufgedrehtem, ja überdrehtem Motor läuft... Wie beschrieb doch ein Autor diesen Streckenabschnitt mit einem Seitenblick auf Philippides: »Kein Wunder, daß jemand, der seine Kräfte nicht sorgfältig einteilt und sich schon in dieser Phase des Rennens überfordert, am Ende auf dem Marktplatz von Athen zusammenbricht...«

Ich glaube, Altsein hat wirklich etwas mit Erfahrung zu tun. Und Erfahrung mit dieser Strecke bedeutet: sich treiben lassen, solange einen der Wind in die Ebene hinein schiebt, Kräfte sparen für die Hügel, für den Anstieg von Rafina nach Pikermi und Pallini, so daß man noch über Reserven verfügt, wenn man bei Stavros, wo die Straße nach Sounion abgeht, den Kesselrand der Stadt erreicht. Heute ist es besonders heiß, heute muß man mit dem Wasser ganz sparsam umgehen, darf nicht zuviel auf einmal trinken, muß sich mit dem Rest benetzen, bis die nächste Wasserstation in Sicht ist. Heute machen viele schlapp, steigen aus, liegen am Rand. An mehreren Stellen sieht man, wie sich Sanitäter um Läufer bemühen, hört man die in diesem Land besonders aufdringlichen Martinshörner der Krankenwagen. Nein, es ist noch nicht Claudia, der ihr Einsatz gilt. Claudia bricht erst kurz vor dem Ziel zusammen. Wie die meisten Anfänger hat sie auf den letzten Kilometern vollständig abgebaut. Als ich vorbeikomme, läßt sie sich von zwei Helfern stützen, mein Hilfsangebot wehrt sie wütend ab. Was mir im Kopf herumgeht? Ein Ohrwurm: »*Nicht Gold, nicht Silber, nicht Bronze!*« Ich skandiere diesen Satz viele hundert Male, ich glaube, bis ins Ziel hinein. An diesem Tag laufe ich meinen schnellsten Marathon, meinen persönlichen Rekord. Auf der Zielgeraden, auf der Tartanbahn des Olympiastadions beschleunige ich noch. Maria umarmt mich an diesem Tag nicht, nicht mit ihren Armen. Sie kauert in einen dunklen Umhang gehüllt kauert auf einer der Marmorränge des Stadions. Gewiß ahnt sie, was geschehen ist, was passieren mußte, ja, es sieht so aus, als wisse sie es bereits, als habe sie es immer schon gewußt.

> Du winktest, es war nicht schwer, dir zu folgen... Du brauchst mir nicht mehr zu winken, ich komme schon
>
> (Cees Noteboom, Die folgende Geschichte)

XII

Gold, Silber, Aluminium

Mittlerweile kann ich ganz offen sein. Herrn Langes Frage, wer Claudia zur Höchstleistung getrieben und damit das Virus, das ihr Blut befallen hatte, endgültig zur todbringenden Höchstleistung angespornt hat, könnte man einerseits so beantworten: *Ich* bin dafür verantwortlich, es war *meine* Idee, und Doktor Nordholt ist seinerzeit so freundlich gewesen, mich darauf zu bringen. Ich habe es von langer Hand geplant und ausgeführt, es war reine Selbstverteidigung. Aber man kann auch sagen: Dazu gehören immer zwei Personen - eine, die treibt, und eine, die sich treiben läßt! Schließlich habe ich Claudia nicht mit vorgehaltener Waffe gezwungen, die Marathonstrecke zu laufen. Aber ich habe daran gearbeitet, und zwar hart. Ich lasse nämlich nicht alles mit mir machen, irgendwo ist eine Grenze, ab einem bestimmten Punkt ist's genug!

Ich glaube, daß dieser Punkt zum ersten Mal erreicht war, als wir, habe ich es nicht oben schon erzählt?, Gäste hatten und Claudia eine Broschüre herumreichte, in der es darum geht, wie man sich verhält, wenn man mit einem chronisch verwirrten älteren Menschen zusammenlebt... Es ging mir nicht um die schon üblich gewordene Demütigung, immer wieder als altersschwach, als Trottel hingestellt zu werden. Nein, es ging nur um diese *Blicke*, Blicke ganz charakteristischer Art, die Claudia dem einen oder anderen unserer Gäste zuwarf, wenn *ich* sprach, wenn ich gerade irgendetwas sagte: Blicke, die soviel besagen sollten wie »Nun hören Sie sich *das* mal an!« oder »Ohgottogott, was *der* da wieder redet...!« oder »Nein, ist denn *das* noch zum Aushalten...?!«

Mir fällt dazu ein Erlebnis ein. Ich habe mal auf einer Tagung einen Belgier kennengelernt, einen Kollegen, mindestens ein Dutzend Jahre älter als ich, ein netter Kerl, übersät mit Altersflecken, der mir nach dem soundsovielten Bier erzählte, wie seine sehr viel jüngere Frau nach einigen Jahren Ehe ebenfalls begonnen hatte, seine Äußerungen mit Kopfschütteln, Schnalzen oder ebensolchen typischen, gespielt entsetzten Blicken zu kommentieren - natürlich mit Vorliebe dann, wenn Publikum dabei war. Ich fragte ihn, was er dagegen gemacht hätte. Nun, er hatte nicht viel gemacht. Er hatte in aller Stille sein Vermögen teils verkauft, teils verschenkt, sein Testament geändert, und als ich ihn traf, war er gerade dabei, seine Sachen zu packen und in aller Ruhe noch ein paar Angelegenheiten zu regeln, bevor er sich nach Übersee abzusetzte, um ein ganz neues Leben zu beginnen...

Ich selbst bin, glaube ich, kein Held, mir steht auch nicht immer der Sinn nach Veränderung. Ich muß nicht, wenn man mich bedrängt und mir zusetzt, unbedingt den Kontinent wechseln und ein neues Leben anfangen. Aber ich bin ausdauernd. Ich kann, wenn man mich zugrunderichten will, abwarten, bis der Andere vielleicht als erster zugrundegeht. Und natürlich will ich gern ein bißchen dabei behilflich sein, aber immer nur ein bißchen. Der Rest ist Abwarten. Denn die meisten Leute richten sich in ihrem Übereifer selbst zugrunde...

Es kann sein, daß ich tatsächlich unter Alzheimer, unter dem »großen A« leide oder gelitten habe, zumindest zeitweise. Auf jeden Fall solange Claudia da war. Ich kann nicht ausschließen, daß sie es war, die mich krank gemacht hat, *irgendwie*, vielleicht hat sie sogar selbst auf irgendeine Weise bei mir Altersverwirrtheit, Präsenilität, Alzheimer erzeugt, ich weiß wirklich nicht wie, aber ich bin fast sicher, daß sie es irgendwie *hergestellt* hat, jedenfalls war sie mit derartiger Sicherheit davon *überzeugt*, mehr als ich selbst, wenn ich auch zugebe, daß... Ach, übrigens, ich habe vergessen zu erzählen, daß Claudia wenige Stunden nach dem Ende des Marathons in der Universitätsklinik von Athen gestorben ist. Maria hat sich um alles gekümmert, ich selbst war viel zu aufgewühlt. An die Stunden und Tage, ja sogar an die ersten Wochen nach Claudias Tod kann ich mich kaum noch erinnern. Claudia hätte ihre helle Freude an diesen meinen Absencen, an diesen massiven Erinnerungslücken gehabt! Umso mehr bin ich Maria dankbar. Maria, die alles in die Hand genommen hat. Nach einem halben Jahr ging es mir zunehmend besser.

Heute geht es mir wirklich wieder gut! Ich will ganz offen sein: Herrn Lange gegenüber spiele ich natürlich immer noch ein bißchen den »präsenilen Alzheimer« vor. Schließlich ist er Kriminalrat, und ich muß befürchten, daß er mich aufs Kreuz legen will. Daß er mich verdächtigt, Claudia durch, sagen wir mal, eine raffinierte Strategie, durch systematisch forciertes Sporttreiben in ein kritisches und sozusagen endgültiges Stadium ihrer Immunschwäche getrieben zu haben - ich muß befürchten und verhindern, daß Herr Lange an meiner Verhaftung bastelt...

Wie gut mein Gedächtnis funktioniert, mag man daran ersehen, daß mir jetzt wieder ohne weiteres einfällt, wann ich Herrn Lange zum ersten Mal begegnet bin! Es war an jenem Abend, von dem ich soeben sprach, der Abend mit diesen *Blicken!* Mein Bedarf an, sagen wir, öffentlicher Demütigung durch meine treusorgende Ehefrau war, wenn man so will, zu diesem Zeitpunkt bereits gedeckt, und ich hatte mich ganz in das Studium der Broschüre jenes Alzheimerkuratoriums gestürzt. Claudia erzählte den Gästen, wie ich am Vorabend stundenlang im Stadtpark »herumgeirrt« sei. Herr Lange, der damals ebenfalls unter den Gästen war, und zwar handelte es sich bei ihm um einen Untergebenen aus dem Polizeipräsidium, der mit seinem Vorgesetzten dort war, tauschte, wenn ich mich rückblickend nicht allzu sehr täusche, mit Claudia ein paar verdächtig blanke Blikke... Aber sowas war ich ja gewohnt, das war ja gar nichts Besonderes.

»Mir ist damals gleich aufgefallen, daß Sie nicht wirklich krank waren«, läßt sich Herr Lange, der nun, nach soviel Jahren, um einiges feister wirkt, plötzlich vernehmen. (Er glaubt wohl, so tun zu müssen, als habe er alles unter Kontrolle, als sei er soeben in der Lage gewesen, meine Gedanken nachzuvollziehen!)

»Sicher, es läßt sich nicht ausschließen, daß Sie eine gewisse, sagen wir, Veranlagung zur Trotteligkeit, sagen wir mal, von Haus aus besaßen, kann sein. Wir hatten früher auf dem Ratsgymnasium auch so einen Klassenlehrer...« Herr Lange zwinkert mir zu. (Gute Ausbildung, nicht ungeschickt, mein früheres Gymnasium zu erwähnen, so zu tun, als habe man mit dem Gesprächspartner etwas Gemeinsames, als sei man ganz auf seiner Seite!)

»Und dann kann jemand, wenn er von Haus aus schon ein bißchen trottelig ist, dies bewußt noch ein wenig pflegen. Und schließlich wird jemand, der von seinen Mitmenschen als altersschwach und vielleicht ein wenig merkwürdig, als trottelig und leicht verwirrt abgestempelt wird, am Ende mit

Sicherheit auch genau so, wie man ihn haben will!« (Aha, jetzt läßt der Herr Kriminalrat noch stärker »den Psychologen raushängen«. Mein Gedächtnis ist übrigens wirklich besser als ich dachte: Sowas habe ich doch früher schon einmal erlebt, in der vorigen Geschichte - das ganze Präsidium in unserer Stadt scheint mit verkappten Psychologikern besetzt zu sein!)

»Sie brauchen mir gar nichts zu sagen«, fährt Herr Lange freundlich fort, »ich möchte Sie vor allem nicht provozieren, mir weiter den Patienten mit Gedächtnisschwund vorzuspielen...« (Wirklich, ein lieber Mensch, der Herr Kriminalrat!) »Sehen Sie, ich wäre gar nicht darauf gekommen, wenn ich mich nicht damals, ich gestehe es ganz offen, ein wenig in... ein wenig in Ihre Frau verguckt hätte...« (Der Gute! Warum denn dieses Geständnis? Ach ja, mir fällt jetzt ein, daß Claudia zufolge ja einer von den Gästen an jenem Abend »bis ganz zuletzt dagewesen« sein soll!)

»Mittlerweile«, Herr Lange zögert ein bißchen, »bin ich glücklich verheiratet, und es tut nichts mehr zur Sache, wirklich, ich hoffe, auch Sie haben Verständnis dafür...« (Er wird doch nicht am Ende noch sentimental werden? Jetzt fängt er aber allmählich an, mir leid zu tun - armer Kerl, also wirklich!)

»Immerhin hat es mich, als Claudia kränker und kränker wurde, doch in zunehmendem Maße voreingenommen gegen Sie gemacht, und Voreingenommenheit, so hat mein alter Lehrer Feldkamp immer gesagt, ist das Schlimmste, was einem Kriminalisten passieren kann!« (Der gute, alte Feldkamp, ich sag's ja, der war gar nicht so schlecht, Gott hab ihn selig!)

»Kurz und gut, ich hatte Sie daraufhin wirklich im Verdacht, Ihre Frau physisch zugrunderichten zu wollen, und zwar indem Sie sie systematisch für den Leistungssport interessierten, ja man kann sagen, für Höchstleistungen *abrichteten*, für eine Art von extremer körperlicher Dauerbelastung, die zusammen mit ihrem bekannten Ehrgeiz und mit ihrer Viruserkrankung irgendwann zum totalen Kollaps führen mußte, gewissermaßen im wahrsten Sinne des Wortes nach dem Prinzip 'Sport ist Mord'!« (Tja, schlaues Kerlchen, dann kann ich jetzt wohl langsam meine Tasche packen, Schlafanzug, Zahnbürste und so weiter...)

»Aber dabei habe ich wohl zu wenig bedacht, daß Täter und Opfer nicht immer ganz so einfach auseinanderzuhalten sind...« (Sehr gut, wirklich, dieser Spruch könnte fast von mir selbst stammen!) »...wie es einen die eigene Schulweisheit träumen läßt!« (Hm, nun auch noch ein wenig klassische Bildung, na ja.)

»Ja, ich gebe es zu, darauf kam ich erst, nachdem Claudia, also nachdem Ihre Frau mir den Laufpaß gegeben hatte, zugunsten dieses, dieses..., nun, das tut ja jetzt nichts mehr zur Sache, und im übrigen werden Sie es selber ja am besten wissen, bei Ihrem guten Gedächtnis!« (Was denn nun: Ironie? Zynismus? Arroganz? Frechheit? Oder einfach: Der Kerl könnte wirklich Recht haben!)

»Was ich völlig übersehen hatte: Wenn ich schon *Sie* verdächtigte, für den fortschreitenden Verfall Ihrer Frau verantwortlich zu sein - hätte es da nicht auch sein können, Ihre Frau zu verdächtigen, etwas mit dem Fortschritt *Ihrer* Krankheit zu tun zu haben?«

Ich bin mir nicht sicher, ob ich vielleicht den Mund habe offen stehen lassen, oder ob ich Herrn Lange angelächelt habe, aber mit Sicherheit habe ich gefragt:

»Noch etwas Tee, Herr Lange? - Maria!!«

Ach ja, Maria. Zwischendurch könnte ich mir durchaus vorstellen, mit Maria mal wegzufahren. So merkwürdig es klingt: Es käme für mich durchaus in Frage, daß ich mal mit

Maria verreise, so wie man mit einer Ehefrau, Geliebten oder Freundin verreist. Zum Beispiel könnte ich mit ihr, um die Überraschung vollkommen zu machen, in eine ziemlich schicke, teure Gegend fahren, sagen wir, ins Oberengadin, zum Beispiel nach St. Moritz... Wir würden im Belvedere oder im Carlton absteigen! Die Idee könnte mich faszinieren. Man sagt ja, unkonventionelle Ideen seien meine Stärke, aber die wenigsten wissen, daß ich eben auch in der Lage bin, solche Ideen prompt auszuführen! Wir würden abends in den Schlafwagen Erster Klasse steigen und die Nacht durch fahren, über Chur oder, noch besser, bis Zürich mit der Swissair fliegen und dann mit einer dieser wundervollen kleinen Maschinen den Flughafen von Samedan ansteuern. Bei der Landung vor uns, zu beiden Seiten und hinter uns die schneebedeckten Berge in der Sonne. Maria würde staunen, würde von einer Überraschung in die andere geschickt. Vom Flugplatz ginge es mit dem Taxi direkt ins Luxushotel. An manchen Tagen dann kleidete ich mich, ganz entgegen meiner Gewohnheit, ausnehmend gut, Anzug mit Fliege. Maria wäre ohnehin meist schick gekleidet, sagen wir, Création Patóu, viel zu schick, wie ich gewöhnlich fände. Wenn wir dann das Carlton satt hätten, quartierten wir uns zur Abwechslung in einem kleinen gemütlichen Gasthaus direkt an der Rhätischen Bahn ein, dort wo einem morgens schon kurz nach Sonnenaufgang die schmucken roten Züge in das Schlafzimmer mit den karierten Gardinen hineinpfeifen. Ob ich Maria lieben würde? Ich glaube, die Frage ist einseitig gestellt. Dazu gehören immer zwei. Es käme schon auch darauf an, ob *sie* mich lieben würde. Vielleicht schon von Anfang an, vielleicht schon im Taxi.

»Maria, guck jetzt bitte nicht auf den Bildschirm! Geh und hol bitte noch eine Tasse Tee für Herrn Lange!«

Irgendein studienrätliches Gefühl in mir drängt mich, ein neues Kapitel zu beginnen, aber ich sehe eigentlich noch keinen rechten Grund dafür. Einen vernünftigen Grund kann ich allerdings dafür angeben, daß ich Herrn Kriminalrat Lange mit einem Mal ganz sympathisch finde. Es gibt sogar mehrere solche Gründe, und sie laufen alle darauf hinaus, daß ich das Gefühl habe, von ihm einstweilen nichts mehr befürchten zu müssen:

Erstens glaube ich, ich kann ganz cool sein - bei ihm handelt es sich nicht, wie man anfangs hätte denken können, um einen Lover Marias. (Mann, wer diese Art von Schreibe drauf hat, kann doch echt noch nicht zum alten Eisen à la Alzheimer gehören, oder?) Zweitens: Lange scheint wider Erwarten momentan gar nicht scharf darauf zu sein, mich zu überführen geschweige denn zu verhaften, scheint keinen Bock zu haben, mich wegen Mordes an meiner lieben Ehefrau ans Messer zu liefern - *das* nachzuweisen würde ihn auch wirklich überfordern! Und drittens: Was er da gerade gesagt hat, also diese Idee mit Täter und Opfer, mit der Umkehrung der Perspektive, mit Claudia, Alzheimer und mir, Donnerwetter!, das scheint mir eine reife Leistung zu sein! Es fällt mir wie Schuppen von den Augen: Claudia war immer so *überzeugt* von meiner Krankheit, von meiner Verwirrtheit, von dem Alzheimer in mir, sie war sich ihrer Sache so sicher, daß sie vielleicht..., daß sie vielleicht einfach von der Wirkung von etwas überzeugt war, das sie selbst mir..., daß sie es selbst gewesen ist, die... Sollten wir beide uns gegenseitig...?

Herr Lange hat schon ein paarmal auf die Uhr geschaut, und was er nun sagt, zeugt von guter Erziehung, von gebührendem Respekt, Einfühlungsvermögen und Anstand, ja, ich muß sagen, es hat wirklich Format.

»Ich möchte Sie heute nicht überanstrengen, Herr Doktor. Vielleicht fühlen Sie sich morgen bereits wieder viel besser?

Jeden Tag ein bißchen besser?! Ich könnte es mir vorstellen und würde es mir wünschen. Sagen wir, morgen ungefähr um die gleiche Zeit?«

Merkwürdig, auf einmal habe ich den Wunsch, er möge noch gar nicht gehen, solle noch ein wenig bleiben, könne doch ruhig noch ein bißchen weiter erzählen... Aber auch ich will höflich und einfühlsam sein:

»Ich danke Ihnen, Herr Lange, ich danke Ihnen wirklich sehr! Maria, der Herr möchte gehen!«

»Also dann bis morgen. Aber eins möchte ich Ihnen doch noch erzählen. Wir hatten vor einigen Jahren im Präsidium einen Verlust von mehreren Kilogramm Aluminiumpulver. Es verschwand aus unserem kriminaltechnischen Labor. Das Labor gehört zu einer Abteilung, in der Ihre Frau ein und aus ging. Ach ja, das Gleiche gilt für eine größere Menge Cadmium. Sagt Ihnen das vielleicht irgendetwas?«

»Ich weiß nicht recht...«

»Nach dem Tode Ihrer Frau habe ich deren Dienstzimmer bezogen. Dabei ist mir ein medizinisches Buch in die Hände gefallen. Von einigen Seiten dieses interessanten wissenschaftlichen Textes möchte ich Ihnen gern eine Fotokopie hierlassen. Mich würde Ihre Meinung dazu interessieren. Und ich hoffe wirklich, daß es Ihnen bald wieder besser geht! Übrigens soll ich Sie von meiner Frau grüßen, unbekannterweise. Auf Wiedersehen!«

Habe ich mich getäuscht, oder hat Maria, die hereingekommen ist, um unseren Gast hinauszubegleiten, bei dessen letzten Worten einen Schreck gekriegt? Einen wirklich großen Schreck! Warum ist sie plötzlich so aufgeregt? Etwa Eifersucht? Ich kenne Herrn Langes Frau doch gar nicht! Da muß sie sich doch wirklich keine Gedanken zu machen! Er hat doch selbst gesagt: Sie läßt mich »unbekannterweise« grüßen! Also, was ist mit ihr? Was fürchtet Maria eigentlich?

L'avenir dure longtemps
(Louis Althusser)

Übrigens soll ich Sie von meiner Frau
grüßen, unbekannterweise!
(Kriminalrat Lange)

XIII

Alzheimer läßt grüßen

Daran, daß Herr Lange jetzt mein Haus verläßt, sehe ich nochmals anschaulich, wie willkürlich eine Kapiteltrennung weiter oben gewesen wäre - genau hier, an dieser Stelle paßt sie nämlich besser! Allerdings nur, wenn man Herrn Langes Besuch eine so große Bedeutung beimessen will. Viel wichtiger ist es doch, wie ich mich fühle. Und ich fühle mich wieder blendend. Was zu beweisen ist!
Ich bitte Maria, mir ein Bad einzulassen, jetzt gleich, in dem schönen, großen, ein wenig antik wirkenden, mit weißlackiertem Holz getäfelten Badezimmer im ersten Stock, so einem unsäglich gemütliches Badezimmer wie man es in manchen skandinavischen Villen hat - ein ziemlich heißes Bad, wie ich es mag, wie man es besonders im gehobenen Lebensalter verdient zu haben meint... mit ein paar auserlesenen Ingredienzien, die sowohl reinigen als auch beruhigen als auch anregen, zunächst einem eher schmucklosen Badezusatz auf Seifenbasis, dann einem mehr schaumig-flockigen, der wird einfach hinterhergegossen und im Wasserstahl aufgeschäumt, und schließlich gehört noch eine

schwere, dunkelgrüne, ölige Essenz mit Rosenduft dazu! Maria erledigt das sogleich prompt und sorgfältig. Ach, ich merke es immer wieder: So eine Frau wie Maria wollte ich schon immer haben!

Anschließend, in meinem großen Schlafzimmer mit dem vielen Stuck an der Decke, im großen Bett, unter dem riesigen Federplumeau, stelle ich fest, daß Maria, wenn ich sie in meinen Armen halte, immer noch am ganzen Leib zittert. Ich weiß gar nicht warum, sie ist doch sonst nicht so! Das muß doch nicht sein! Das gefällt mir gar nicht, da muß irgendetwas geschehen sein! Da ist etwas in ihrem Kopf, das ich beim besten Willen nicht begreife. Maria, die sonst so Zurückhaltende, die niemals zu mir kommt, ohne daß ich ihr einen Wink gebe, liebt mich heute so heftig wie nie!, wie sehr selten nur, aber dennoch, dieses Zittern, das ich mir nicht erklären kann, das geht einfach nicht weg!

Ich spreche gewöhnlich kaum mit Maria, wenn wir im Bett sind, und ich glaube, das ist normalerweise kein Fehler, aber jetzt - vielleicht sollte ich es jetzt wirklich mal tun... Aber vorher wollen wir uns doch mal anschauen, was das da für eine Fotokopie, was das für ein so ungemein wichtiger medizinischer Text ist, den Herr Lange uns da hinterlassen hat! (Um ganz besonders offen zu sein - ich ahne es schon!)

»...Die nächste in der Reihe der Hauptursachen der Senilen Demenz vom Alzheimer-Typus sind bestimmte toxische Substanzen, vor allem bestimmte Metalle. Unter letzteren ist Aluminium das bei der Alzheimerschen Krankheit am besten erforschte. Mehrere Autoren haben belegt, daß Aluminium in Verbindung mit anderen Faktoren eine primäre ätiologische Rolle spielt...«

»Maria, laß das bitte, ja?« (Maria scheint wieder sicher geworden zu sein, ich sag ja immer, fast alles hat körperliche Ursachen, und die Liebe heilt alle Wunden... Maria zittert zwar noch ein bißchen, ist aber schon wieder albern, hat einfach das nächste Blatt, das ich lesen will, versteckt!)

»Gib bitte das Blatt wieder her, ja?«

»...*Injektionen von Aluminiumsalz in das Gehirn von Versuchstieren, vor allem Katzen und Kaninchen, lösten eine progrediente Demenz mit neurofibrillärer Degeneration aus. Die Tiere zeigten einen schnellen Abfall und Verlust des Kurzzeitgedächtnisses und der Lernfähigkeit, gefolgt von einem schnellen Ausfall weiterer Hirnfunktionen...*«

»Maria, was ist denn mit dir?« (Jetzt reibt sie sich schon wieder ganz, ganz stark an mir, wieder und wieder...) »Kannst du nicht mal eine Zeitlang stillhalten? Siehst du denn nicht, daß ich hier was wirklich Wichtiges lese?«

»...*Autopsien von Menschen mit Alzheimerscher Krankheit zeigen eine signifikant erhöhte Konzentration von Aluminium. Bei sechzehn normalen Erwachsenen im Alter von 45 bis 65 Jahren lagen die gemessenen Aluminiumkonzentrationen bei 1,8 plus/minus 0,7 Milligramm pro Gramm Gewebe, in den zwölf untersuchten Gehirnen von Personen mit Morbus Alzheimer dagegen erhielt man Konzentrationen bis zu 107 Milligramm pro Gramm Gewebe. Die erhöhten Aluminiumkonzentrationen scheinen mit den Regionen erhöhter neurofibrillärer Degeneration zu korrespondieren. Die neurofibrillären Verklumpungen, die durch erhöhte Aluminiumgaben hervorgerufen wurden, bestanden aus Ein-Strang-Filamenten, die in ihrer Erscheinung nicht von denen zu unterscheiden waren, die man bei Katzen und Kaninchen mit Aluminiuminjektionen beobachtet hat...*«

»Maria, du bist wirklich sehr, sehr süß, aber jetzt laß bitte los, gib bitte sofort meine Hand wieder her!«

»...*Zusätzlich konnte neuerdings von anderen Toxinen gezeigt werden, daß sie in multiplikativem Zusammenwirken mit Aluminium in der Lage sind, massive Formen neurofibril-*

lärer Verklumpung hervorzurufen, vor allem Cadmium. Cadmium kann zusätzlich die Zellfunktion beeinträchtigen, indem es die Zellteilung oder die Proteinsynthese nachhaltig blockiert und so ebenfalls die Bildung von Verklumpungen verursacht, die zu den allseits bekannten mentalen Funktionsstörungen führen...«

Ich glaube, ich habe genug gelesen, ich habe gesehen, was ich sehen mußte. Okay, Maria, komm her, Maria, ich hab genug gelesen, komm..., so ist es gut, Maria!

Wenn Maria rundherum satt und zufrieden ist, dann scheint für mich die Sonne noch mehr als sonst! Man möchte es kaum glauben, wie sich das Liebenswürdige, Wohltuende ihres südländischen Wesens, das sie ohnehin an den Tag legt, seit sie bei mir wohnt, später, des Abends, in der Dämmerung, noch steigern kann...

Die beste Entscheidung in meinem Leben war seinerzeit, glaube ich, auf Claudias Vorschlag einzugehen und (nach kurzem, vorgetäuschten Widerstreben, dann nach mürrischem Einlenken) Maria als häusliche Pflegerin einzustellen, also mitzuspielen, das häusliche Pflegemodell in Gang zu setzen, einzuwilligen, gegenüber der Krankenkasse zu bestätigen, daß meine Altersverwirrtheit eine Pflegeperson erforderlich mache... Zustimmen zu etwas, das man mir einreden will und das ich am Ende fast selber glaube... Mitzuspielen mit kühlem Kopf, aber auch, wie man so sagt, mit dem Herzen - um Marias willen, um Maria zu gewinnen...

Schon lange hat Marias Zittern aufgehört. Sie ist nur noch weich - weiß, warm und friedlich, und nur an ihrer Körperwärme meint man zu merken, daß sie noch nicht in einen gleichsam pflanzlichen Zustand übergegangen ist. Manchmal schlummert sie dann mit leicht geöffneten Lippen, in einer solchen Situation ist wirklich überhaupt nichts Animalisches mehr an ihr, auch nicht mehr dieses ein ganz klein wenig

Ordinäre, das sie sonst gelegentlich schon mal auszeichnet und das man eigentlich ganz gut finden kann...

Aber manchmal muß ich dieses überaus schöne, friedliche Bild stören - schließlich hat eine ausgebildete Pflegeperson auch ihre pflegevertraglich festgelegten Pflichten!

»Maria, ich brauche eine Stärkung! Hol mir meine Dose!«

»NEIN!!« Es klingt wie ein Aufschrei - ich glaube, Maria ist selbst von ihrer überstarken Reaktion ein wenig überrascht - vermutlich befand sie sich schon, unkontrolliert, im Halbschlaf. Ein wenig schreckhaft entschuldigt sie sich, und selbstverständlich holt sie mir umgehend die große, runde, silberne Dose mit meiner Sport-Aktiv-Nahrung, mit jenem feinen weißen Pulver, das ich mir eßlöffelweise mit Milch oder Wasser anzurühren pflege.

Diese meine Spezialnahrung, eine »*eiweißreiche Aufbau- und Ergänzungskost für Sport, Beruf und Freizeit, speziell zusammengestellt aus hochwertigem Milcheiweiß und Kohlehydraten sowie lebensnotwendigen, äußerst leistungswirksamen Mineralsalzen und Vitaminen*«, befindet sich stets in der charakteristischen silbernen Dose mit der Aufschrift »Power-Performance« - zeitweise hatte ich eine ganze Batterie davon auf Vorrat liegen, die Vorräte sind aber seit einiger Zeit aufgebraucht. Das liegt daran, daß Claudia sich nicht mehr darum kümmern kann. Sie hatte immer für genügend Vorrat gesorgt. Aber noch besorgter war sie darum, selbst stets ausreichend viel von ihrer eigenen, angeblich noch viel wirksameren »Super-Power«-Sorte nachzukaufen - in der goldenen Packung. Längst wußte ich ja, daß Claudia zusätzlich leistungssteigernde Amphetamine nahm: Maria mußte ihr jedesmal ein paar Eßlöffel Super-Power-Sportnahrung aus der goldenen Dose mit einer winzigen Spur, einer Messerspitze »Polyphetamin-S«, das sie immer von diesem Doktor bekam, anrühren...

Anrühren! Das mußte es sein, was Herr Lange gemeint hat! Wie konnte ich nur so naiv sein! Ich schaue auf das Kleingedruckte: *Maltodextrin, Lactoprotein, Saccharose, natürliche Aromastoffe, Emulgator, Antioxydationsmitel E 304, E 307, E 471, Vitamin B1, B2, B12, C, E, Niacin, Pantothensäure, Folsäure, Biotin...* okay, okay. Und dann: *Kalzium* (jede Menge!), *Magnesium* (sehr wichtig!), *Natrium* (ausreichend viel), *Kalium, Phosphor, Chlorid...* Kein Wunder, daß da, ebenso wie bei Claudia das Amphetamin, in meinem Falle ein paar zusätzlich *hineingerührte* Löffel *Aluminium-* und *Cadmium*-Pulver gar nicht auffallen würden! Sagen wir, einen Teelöffel *Aluminium*, einen Teelöffel *Cadmium* für den alten Esel von der treusorgenden Gattin hinzugemischt, Tag für Tag, Woche für Woche, Jahr für Jahr, Ablagerung zu Ablagerung... Alzheimer läßt grüßen! Und nach Claudias Tod habe ich das Zeug dann immer noch weiter geschluckt, immer noch weiter, denn es dauert ja noch geraume Zeit, bis ich den ganzen Vorrat an Sport-Aktiv-Performance-Nahrung aus den präparierten silbernen Ddosen aufgefuttert habe! Verdammt, ich glaube, die letzte Dose aus dieser Serie habe ich erst vor einem halben Jahr geleert!

Maria weint. Ich habe es gar nicht bemerkt, wie konnte ich es nur übersehen! Maria, warum weinst Du, komm her, Maria, ich kann keine Tränen sehen, besonders keine richtig dicken, spanischen Tränen, zumindest keine Tränen von Frauen mit so wundervoll weicher, weißer Haut und so wunderschön dicken, dunklen Pferdeschwänzen! Maria, hör auf zu weinen, komm schon!

Maria schmiegt sich an mich. Ich glaube, ich mag das tatsächlich über alle Maßen, von mir aus kann sie vielleicht doch ruhig noch eine Zeitlang so weiterflennen, wenn ich ganz offen bin, gefällt es mir... Aber Maria zittert wieder. Sie fragt mich, ob dieser Herr Lange wirklich von der Pollisssei ist! Ob er wirklich alles rrrausgekrrriegt hat...! Ich sage, ja ja, es ist so, er hat alles aufgedeckt, er hat tatsächlich rausgekriegt, daß Claudia... oder sollte etwa Maria, sollte vielleicht Maria davon wissen...? Sollte gar Maria, in Claudias Auftrag...? Vielleicht sollte Maria das jetzt selber mal sagen, *was* er wohl rausgekriegt hat, dieser Herr von der Pollisssei! Mal sehen, was *sie* meint, was *sie* weiß, wie *sie* das formuliert: mein Leiden all die Jahre, das ganze Elend all die Jahre, Verwirrtheit, *Krankheit!*, Demütigung, »THE BIG A«, angebliche oder sogar tatsächliche Pflegebedürftigkeit - aber auch: Schuld... Sag es, Maria, alles was du da befürchtest, was er wohl rrrausgekriegt haben könnte, alles was du weißt, was ich nicht weiß! Was du selbst erlebt hast, ja was überhaupt erst dazu geführt hat, daß es dich gibt, Maria, häusliche Pflegerin - das *Pflegemodell*, die Verantwortung als Individuum, Familie und Gesellschaft für das einzelne, chronisch verwirrte Familienmitglied... Ach, mir steht es bis obenhin, mir ist schon fast alles wieder egal, sag *du* es, Maria, sprich du es aus, ja? Und sag bitte nicht wieder »Abbssazz zu lang«, denn das ist jetzt wirklich nur halb so wichtig, und außerdem ist bald sowieso wieder alles, alles in Ordnung, so, und nun sag es, jetzt bist du dran!!

Marias ganzes Gesicht glänzt vor Tränen - so müssen sich wohl die Religiösen *ihre* Maria vorstellen, die Helfende und Pflegende...

Sie habe immer nur einen Eßlöffel voll in die Dose gerührt, schluchzt Maria:

»Immer nur einen Löffel, einmal!!«

(Was, in welche Dose?!)

»Nur einen Löffel, einmal einen Löffel, nur immer einmal, in die goldene Dose!«

(In die *goldene* Dose...?? Die goldene war doch *Claudias* Dose!! Du hast also immer was in Claudias Dose gemischt?

Und was ist mit meiner Dose? Hast du was in *meine* Dose gemischt, in meine *silberne* Dose?)

»Nein, niemals, nie, das war Claudia, das war Claudia, immer nur Claudia!«

(Und *was*, was für einen Löffel, was hast *du* zusätzlich in Claudias goldene Dose hineingerührt, wovon? Sag es mir, *was* hast du in Claudias Pulver hineingerührt??!)

»Polyphetamin. Vom Doktor. Für Claudia!«

(Das weiß ich doch schon. Du hast also immer einmal einen Eßlöffel von diesem Amphetamin in die goldene Dose mit Claudias Super-Power-Aktiv-Nahrung gerührt. Aber hast du noch mehr hineingerührt? Das ist doch nicht alles?!)

»Ist nicht alles. Muß ich ins Gefängnis gehen?«

(Hast du vor dem Marathon, im Olympia-Hotel, hast du da noch mehr in Claudias Sportnahrung gemischt?)

»Nur Schlafmittel, Claudia soll schlafen, damit ich dich küssen kann!«

(Nein, das meine ich nicht, ich meine nicht beim ersten Mal, sondern beim zweiten Marathon, vor dem letzten Rennen, wo Claudia mitgelaufen ist, zum ersten und letzten Mal, sag es mir, wieviel hast du vor dem Marathonstart reingemischt? Wieder einen Löffel voll, einmal??)

»Nein, sswweimal, drreimal!!«

(Und hast du noch *mehr* gemacht? Sag es mir! Hast du noch mehr gemischt?)

»Ja. Muß ich ins Gefängnis gehen??«

(Nein, *wenn du mir jetzt sofort sagst*, was du da reingemischt hast!!)

Maria schluckt. »In die Flaasche, die Trrrinkkflaasche, bei Kilometer Achtunddrrreissich!«

(*Was* hast du in die Trinkflasche getan?!)

»Polyphetamin!« - Maria spreizt alle Finger ihrer rechten Hand und streckt sie mir entgegen: »Ffünffmal!«

Tja, Claudia. Wie hat es denn in dir ausgesehen, als du begonnen hast, mich systematisch zu vergiften, über Jahre, mit Aluminium und Cadmium...? Okay, daß du mich nicht kleingekriegt hast, das habe ich wohl dem Sport zu verdanken, die Fitness hat das Schlimmste an Wirkung verhindert. Aber mein Kopf, mein Gedächtnis... Man muß gewiß nicht ganz abgebrüht und gefühlsarm sein, muß gar nicht so etwas Dramatisches wie einen »Killerinstinkt« besitzen, um regelmäßig irgendwo was hineinzumischen, oder?

Wie es in ihr ausgesehen haben mag, als sie anfing, mir Aluminium- und Cadmiumpulver unter mein tägliches Protein-Mineral-Pulver zu mischen? Ich müßte es eigentlich selbst wissen: so ähnlich wie es in mir selbst aussah, als ich mir sagte: Laß sie doch ruhig ab und zu mal richtig kräftig den Puls beschleunigen, und zwar so, daß ihr ordentlich die Puste ausgeht. Damit sie endlich aufhört!

Gewiß hat bei ihr anfangs Eifersucht, Haß auf den Sport mitgespielt. »Sport ist Mord«, hat sie ja schon immer abfällig gesagt. Sport war immer etwas, womit sie ihre kostbare Zeit nicht verplempern wollte! Wenn mich also der Sport sowieso von ihr forttreibt, verbraucht, alt macht, »umbringt«, warum dann nicht ein bißchen nachhelfen? Ist das nicht gerecht? Und mit jeder Streiterei, mit jeder Gehässigkeit, mit jeder Auseinandersetzung kommt ein bißchen Pulver, ein bißchen Rechtfertigung hinzu...

Ich muß es selbst am besten wissen: Beim ersten Mal geschieht es vielleicht noch aus Wut, so ähnlich wie beim Vandalismus: Erstmal »Zack!«, und dann mal sehen, was passiert! Vielleicht passiert ja zuerst noch gar nicht viel. Man schaut, wie es gewirkt hat, und die Wirkung ist viel zu geringfügig, lächerlich eigentlich, jedenfalls viel schwächer als erwartet – der Andere ist ja doch ein ziemlich zäher Brocken. Deshalb jetzt aufhören? Oder lieber die Dosis ein bißchen steigern? Mal sehen, wie's beim zweiten Mal aussieht, beim nächsten Versuch. Beim nächsten Anlauf, mir den Schneid abzukaufen, mich alt und häßlich aussehen zu lassen... Wozu frißt der Kerl auch ständig Magnesium, Natrium, Kalzium - soviel anders ist das doch gar nicht als Aluminium, Cadmium, soll er doch fressen, was *ich* will, gib ihm mal, was ihn *wirklich* alt aussehen läßt!

Und Maria? Wie mag es in ihr ausgesehen haben, als sie anfing, es mit Claudia »zu gut zu meinen«, sie mit einer Überdosis an Amphetamin zu behandeln? Gar nichts Dramatisches, nur eine kleine Steigerung: Zuerst immer nur einen Löffel dieses Dopingmittels vom Doktor. Und dann einfach doppelt so viel, und dann noch ein bißchen mehr...

Ich glaube, es ist ganz einfach - Maria liebt mich schon lange. Wie muß sie gelitten haben: Gewiß hat sie gespürt, daß Claudia daran arbeitete, meine Gesundheit zu zerstören. Ich glaube, eine Frau fühlt sowas!

Soll ich einfach mal vorgreifen? Auf die Zukunft, ein Stück über das Ende dieses Kapitels, dieser Geschichte hinaus? Okay, ausnahmsweise, aber nur weil es so wichtig ist! Am nächsten Tag hat mich Herr Lange darüber aufgeklärt, daß man in der Alzheimer-Forschung heutzutage schon wieder recht skeptisch gegenüber der Aluminum-Hypothese sei! Es gebe eine ganze Reihe alternativer Erklärungen für diese schreckliche Krankheit! Zum Beispiel solche, die auf die Rolle von Anlage und Vererbung hindeuten. Claudia muß also übersehen haben, daß die Wirkung des Aluminiums wissenschaftlich höchst umstritten ist! Man konnte schließlich nicht von ihr verlangen, daß sie Leserin der jeweils neuesten internationalen medizinischen Fachzeitschriften ist. Sie hat wohl all ihr Wissen aus diesem flexiblen medizinischen Taschenbuch bezogen, und das war damals schon ein bißchen veraltet, hat sich wohl nur wegen seines Plastikeinbandes so gut gehalten! Herr Lange hat mir ein ganz neues Vorlesungsskript mitgebracht, von seiner Frau, sie heißt Jutta, sie studiert Medizin! Ich soll mich mal sachkundig machen! Und das habe ich dann auch getan. Hier ein kleiner Auszug:

»Noch zu Anfang dieses Jahrhunderts wird die Alzheimersche Krankheit auf Arteriosklerose und andere Gefäßerkrankungen zurückgeführt. Später meint man eine genetische Ursache, und zwar auf dem Chromosom 21 gefunden zu haben. Familienuntersuchungen legen nahe, daß die Krankheit durch mehr als ein Gen verursacht wird. Man vermutet einen Gen-Defekt bei der Steuerung der Synthese des Eiweißes Amyloid Beta, das sich gehäuft in den senilen »Placken« im Gehirn von Alzheimer-Patienten findet. Die Verdoppelung dieses Gens könnte zur Vermehrung von Amyloid Beta und damit zur Alzheimer-Krankheit führen. Andere Experimente legen nahe, daß das Protein "A 68" ausschlaggebend ist. Eine weitere Hypothese besagt, daß irgendetwas die Verbindungen zwischen den Nervenzellen schädigt, so daß die verbindungslos gewordenen Zellen degenerieren und verklumpen. Die Bedeutung des Aluminiums hierbei ist lange Zeit überschätzt worden. Die gehäuft vorkommenden Aluminiumablagerungen, in Form von amorphem Aluminiumsilikat, deuten zwar auf eine möglicherweise wichtige Rolle des Aluminiums hin, doch können neurotoxisch wirkende Aluminiumsalze den Prozeß der Bildung von Amyloid zwar beschleunigen, vermutlich aber selbst nicht auslösen...«

Und Claudia hat sich so fest auf die Aluminium-Hypothese verlassen! Wenn ich es genau bedenke, bin ich tatsächlich ein Beweis dafür, daß die moderne Wissenschaft Recht hat und die Aluminium-Annahme fragwürdig ist - ein gottlob noch lebender Beweis dafür, daß diese These zumindest nicht hundertprozentig stimmt! Man hat mich zwar mit Aluminium und Kadmium vollgepumpt, und ich habe daraufhin wohl ein paar merkwürdige Dinge getan, aber ein regulärer Fall von Alzheimer kann es nicht gewesen sein. Alzheimer ist nun mal irreversibel und irreparabel, das steht fest. Eine Besserung gibt es nicht - wer einmal davon befallen ist, mit dem geht es nur noch bergab. Ganz anders bei mir: Ich bin schon wieder obenauf!

Was es nun wirklich gewesen ist? Woher soll ich das wissen?! Über das, was *wirklich* ist, gibt es immer nur Vermutungen! War es nur die sich selbst erfüllende Prophezeiung? Sowas soll ja Berge versetzen können! Eine Alzheimer-Suggestion, ein Pseudo-Alzheimer? Ich hatte Schwierigkeiten, Worte zu finden, ich vergaß Namen von Personen und Gegenständen, ich hatte zeitweilig auch Probleme, meine Finanzen zu ordnen. Wenn ich ganz offen bin, hatte ich auch manchmal Angst und war deprimiert. Ich habe schließlich die Namen von Ehepartnern durcheinandergeworfen, sogar von meinen eigenen, früheren, und ich kann mich an ganze Tage, und nicht nur an die Hochzeitstage, überhaupt nicht mehr erinnern. Ob es Suggestion gewesen ist, Einbildung oder Aluminium und Kadmium oder von jedem ein bißchen - irgendetwas wird es schon gewesen sein. Es war eine schlimme Zeit. Aber was hat das schon zu bedeuten im Vergleich zu der wunderbaren Tatsache, daß es Maria gibt!

Ich glaube, ich liebe Maria sehr. Niemals würde ich etwas gegen sie unternehmen, niemals sie verraten! (Außer vielleicht, wenn mein eigenes Leben bedroht wäre.) Warum das so ist? Selbst wenn wir mal von all den netten Dingen absehen, die sich in den letzten Jahren schon unter diesem großen Federbett abgespielt haben - es gibt immer noch zahllose weitere Gründe, Maria zu lieben. Wirklich!

Ich vermute, es hängt einfach damit zusammen, daß Maria sich mir nicht aufdrängt, daß sie sich nicht vordrängt. Daß sie keine Macht über mich ausüben, daß sie mich nicht dominieren, beherrschen, unterwerfen will. Daß sie mir meine Wünsche von den Augen abliest und mich pflegt. Für mich ist sie, sehr geehrte Damen und Herren von der Krankenversicherung, die wunderbarste Pflegeperson, die man sich denken kann, das absolute Pflegemodell, der Inbegriff der Idee der häuslichen Pflege...

Draußen war es längst dunkel geworden, Maria war eingeschlafen, die letzten Stunden waren für sie zu aufregend, zu anstrengend gewesen. (Für mich selbst übrigens irgendwie nicht, ich glaube, ich bin mittlerweile wirklich wieder ganz gut in Form!) Ich hatte Maria hoch und heilig (im wahrsten Sinne des Wortes, bei mehreren ihrer katholischen Heiligen!) versichert, daß sie nichts zu befürchten hätte, daß Herr Lange, Herr Krrrriminalrrat Lange, *etwas ganz anderes* herausgekriegt hätte als was sie denkt, daß er sich auf die silbernen Dosen spezialisiert hat, daß niemand, wirklich niemand etwas vom Inhalt der *goldenen* Dosen erfahren würde! Ich schwöre es. Jetzt wacht Maria langsam wieder aus ihrem Erschöpfungsschlaf auf, und zum Zeichen, wie sehr sie mich liebt, rückt sie noch viel näher an mich heran, deckt mich jetzt vollständig mit ihrem warmen Körper zu, legt sich mit ihrem ganzen Gewicht halb auf mich drauf...

Ich sage ihr (auf Anforderung) noch einmal, daß sie nichts, aber auch gar nichts zu befürchten haben wird, daß sie für immer bei mir bleiben kann, und sie fragt mich, ob die Krankenkasse auch ganz bestimmt nichts von uns beiden, von unserer Verbindung erfahren wird...

»Aber nein, ganz bestimmt nicht!« versichere ich.

»Auch nicht von Verrtrrag?« fragt Maria.

»Von dem Pflegevertrag? Wieso denn, aber damit ist doch alles in Ordnung, alles klar, der Pflegevertrag ist doch nach wie vor okay, den kennt die Krankenkasse doch sowieso, das bezahlt sie doch alles, oder was meinst du damit, wenn du sagst, daß die Krankenkasse nichts vom Vertrag, vom Pflegevertrag erfahren soll?!«

»Nicht von Pfllegeverrtrrag! Von Verrtrrag, von Uuhrrkunde!?«

Ich muß einen Moment lang überlegen... Da war doch noch irgendetwas, an das ich mich nicht mehr ganz genau... also an das ich mich nur noch ganz dunkel erinnere... Ich muß mich zeitweilig wirklich sehr verwirrt gefühlt haben, glaube ich, habe wohl, wenn man es so sieht, tatsächlich wirkliche Pflege, wirkliche häusliche Pflege nötig gehabt, es muß wohl in der Tat erhebliche Lücken in meinem Gedächtnis gegeben haben, besonders in der Zeit unmittelbar nach Claudias Tod, man soll ja diese Protein-Mineral-Kur nach der sportlichen Höchstleistung nicht gleich abbrechen, sondern soll sie immer noch eine ganze Zeitlang fortsetzen...

Maria merkt, wie sehr ich mich bemühe, mich anstrenge, mich zu *erinnern*, wie sehr ich mit Gewalt in meinem Gedächtnis herumkrame, aber nein, es tut mir leid, ich komme momentan nicht drauf, Maria, kannst Du mir nicht helfen, kannst du mir nicht mal eben sagen, welchen Vertrag...?

Sie lächelt, schlüpft aus dem Bett, bis zum großen Schrank mit den vielen Schubladen ist es ja gar nicht weit (allerdings weit genug, um wieder einmal festzustellen, daß Maria wirklich schön aussieht!), sie zieht die Mappe aus Nappaleder unter den Stapeln gebügelter Wäsche hervor, und sie strahlt, als sie mir die Heiratsurkunde und den Ehevertrag präsentiert! Meine Unterschrift darauf ist zwar schon ein paar Jahre alt, aber für einen Alzheimer-Patienten ungewöhnlich intakt, vollständig, gut und kräftig ausgeschrieben, und kein bißchen zittrig!

Ende

Das Böse, Wahre, Schöne: literarische Kriminalromane im Neuen Literaturkontor!

Ralf Ströcker:
Die Stunde des HERRN
128 Seiten. ISBN 3-920591-30-5
Ein Kirchen-Kriminalitäts-Krimi!

Jürgen Henningsen:
Die Leiche kam nicht auf dem Dienstweg
128 Seiten. ISBN 3-920591-24-0
Mord im Kultusministerium!

Friedel Thiekötter:
Cembalist am Glockenseil
160 Seiten. ISBN 3-920591-25-9
Mord im Sauerland!

Hans Dieter Mummendey:
Bielefeld-Burano & retour
160 Seiten. ISBN 3-920591-06-2
Der Literaturkontor-Klassiker!

Hans Dieter Mummendey:
Claudia, Alzheimer und ich
128 Seiten. ISBN 3-920591-17-8
Bis daß der Tod uns scheidet...

Neues Literaturkontor

Das Böse, Wahre, Schöne:
literarische Kriminalromane
im Neuen Literaturkontor!

Friedel Thiekötter:
Der Nabel
144 Seiten. ISBN 3-920591-32-1
Wir feierten Geburtstag, als plötzlich...

Hans Dieter Mummendey:
Verliebt, verlobt, verschieden
128 Seiten. ISBN 3-920591-27-5
Das Leben ist schön!

Heidi Wiese:
Sterben wie Gott in Frankreich
128 Seiten. ISBN 3-920591-26-7
Leben (und sterben) wie im Kino.

Ich mag keinen Kriminalroman
von Hans Dieter Schwarze
128 Seiten. ISBN 3-920591-28-3
Ein Fenster-zum-Hof-Krimi.

Heidi Pohlmann:
Die letzte Verirrung der
Clothilde Holler
160 Seiten. ISBN 3-920591-34-8
Die alte Dame und die Liebe zur
Elektrizität.

Neues Literaturkontor

*Literarische
Reise-Feuilletons
im Neuen Literaturkontor:*

**Heidi Wiese
Rendezvous mit den Toten.
Spaziergänge über Pariser Friedhöfe**
208 Seiten. ISBN 3-920591-19-4

Paris - ein Fest fürs Leben! Heidi Wiese schreibt über Prominente, die auf den bemerkenswerten Pariser Friedhöfen begraben sind - u.a. Maria Walewska, Alphonsine Plessis, Ludwig Börne, Heinrich Heine, Adolphe Sax, Sarah Bernhard, Oscar Wilde, Isadora Duncan, Gertrude Stein, Joseph Roth, Öden v. Horvath, Jim Morrison. - »Ein Parisbesucher sollte das Büchlein immer dabeihaben« (DIE ZEIT).

**Heidi Wiese
Unter den Straßen von Paris.
Geschichte und Geschichten von
Pariser Métro-Stationen**
200 Seiten. ISBN 3-920591-31-3

Anhand der Métro-Stationen wird der Parisliebhaber auf höchst lebendige Weise zu Streifzügen durch die französische Geschichte und Kultur eingeladen - nach Saint-Germain-des-Prés, zu Napoléon, Victor Hugo, Louise Michel, zum Krimkrieg, der Résistance... Mit einem Fototeil und einem Métro-Plan der RATP.

Neues Literaturkontor